CB069624

As mil casas do sonho e do terror

Atiq Rahimi

AS MIL CASAS DO SONHO E DO TERROR

Tradução
Marina Appenzeller

Estação Liberdade

Copyright © P.O.L Éditeur, 2002
© Editora Estação Liberdade, 2003, para esta tradução

Revisão	Francisco Costa
Consultoria (transliterações)	Tadeu Mazzola Verza
Assistência editorial	Maísa Kawata e Flavia Moino
Composição	Wildiney Di Masi
Capa	Nuno Bittencourt / Letra & Imagem
Ilustração da capa	Sérgio Fingermann: sem título, 2000, acrílico s/ papel (detalhe)
Editor / texto final	Angel Bojadsen

CIP-Brasil Catalogação na fonte
Sindicato Nacional dos Editores de Livros, RJ

Rahimi, Atiq
 As mil casas do sonho e do terror / Atiq Rahimi; tradução Marina Appenzeller. — São Paulo : Estação Liberdade, 2003.

Tradução de: Les mille maisons du rêve et de la terreur
ISBN 85-7448-076-2

1. Afeganistão - Guerras - Ficção. 2. Ficção persa. I. Appenzeller, Marina. I. Título.

03-1012   CDD-891.563
           CDU-821.222.1-3

Todos os direitos reservados à

Editora Estação Liberdade Ltda.
Rua Dona Elisa, 116   01155-030   São Paulo-SP
Tel.: (11) 3661 2881   Fax: (11) 3825 4239
e-mail: editora@estacaoliberdade.com.br
http://www.estacaoliberdade.com.br

NOTA DO EDITOR

Após entendimentos com o autor Atiq Rahimi e a editora francesa P.O.L, decidiu-se traduzir esta obra a partir da edição francesa, cujo texto foi vertido e adaptado do persa por Sabrina Nouri em colaboração com o autor.

Agradecemos a Atiq Rahimi a paciência e a dedicação em responder a nossas dúvidas em meio às filmagens no Afeganistão de seu precedente romance *Terra e cinzas*.

à minha mãe
a seus sonhos ocultos

Enquanto teu sono não for digno do despertar,
não durmas!

Shams de Tabriz, século XIII
(Maqālāt, 6/662)

— Pai?

— Maldito seja seu pai!

Estou no escuro ou meus olhos estão fechados? Talvez as duas coisas. É noite e estou dormindo. Mas no entanto estou pensando, como pode?

Não. Estou acordado, só que meus olhos ainda estão fechados. Estava dormindo e em meu sonho uma criança gritou "Pai!".

Que criança? Como saber? Só havia sua voz. Talvez fosse eu, criança, procurando meu pai.

— Pai!

De novo a mesma voz! Desta vez não estou sonhando. Parece que a estou ouvindo bem em cima de mim. Tenho de abrir os olhos.

— Quem é você?

Minha pergunta se despedaça em meu peito. Uma dor vívida traspassa minhas têmporas. O véu negro diante de meus olhos se torna mais denso; o silêncio em minha alma, mais pesado.

Onde foi parar a criança? Havia tanto sofrimento em sua voz, e um cheiro também. Um cheiro de lodo, como se a voz subisse do fundo de um poço, de um poço sem água, cheio de lodo.

— Pai!

Quem sabe, talvez uma criança tenha caído em um poço ou numa fossa e esteja chamando o pai para socorrê-la. Mas que poço? que fossa? será que não estou em casa? Claro que sim, estou na minha cama, ainda em pleno sono. Estou dormindo e estou com sede, e sonho com um poço sem água.

— Pai?

Não, essa voz não vem do fundo de um poço nem de um sonho. Está aí, bem em cima de minha cabeça. Sinto a vibração de suas modulações; sinto um sopro quente e ansioso que expulsa as palavras e as traz até minhas orelhas geladas.

Por que não consigo ver a criança?

— Pai!

— Quieto! Volte para dentro de casa!

De quem é esta segunda voz? de minha mãe?

— Mamãe!

O grito morre em minha garganta ressecada. Continuo em um sonho; não, não é um sonho, é um pesadelo. É isso, é justamente nos pesadelos que os gritos ficam presos; é nos pesadelos que temos a impressão de estarmos acordados e de que os olhos recusam-se a abrir e os braços a mexer. Mutismo e inércia.

Meu avô dizia que, segundo Dāmollah Said Mostafá, durante o sono, a alma parte para outro lugar e que, se por acaso você acordar antes dela voltar a seu corpo, você se vê num pesadelo sem fim, entregue ao estupor e ao assombro, sem voz e sem forças, e isso até a alma voltar. Meu avô dizia que se minha avó morreu de um ataque, é porque ela quis sair da cama antes que sua alma voltasse ao corpo.

Não posso me levantar de jeito nenhum! Vou ficar deitado até a minha alma voltar! Tampouco vou abrir os olhos! A partir deste momento, não pensarei em mais nada. Porque quando você vai para a cama, só deve fazer uma coisa: recitar sua profissão de fé. Não deve pensar em mais nada. Na cama, os pensamentos se tornam satânicos. Tudo isso foi Dāmollah Said Mostafá quem disse a meu avô, e meu avô repetiu essas palavras para nós. Paro de pensar. Recito minha profissão de fé. Unicamente minha profissão de fé. Para que minha alma volte o mais rápido possível. Bismillah...

Caio. Sob seus pontapés rolo para dentro de uma fossa cheia de lama.

Insultaram-me:

— Maldito seja seu pai!

Antes de adormecer, deveria ter pousado minhas mãos no peito e repetido cento e uma vezes um dos noventa e nove nomes sagrados de Deus. Al Bā'ith[1] uma vez, Al Bā'ith duas vezes, Al Bā'ith três vezes... Meu avô dizia que, segundo Dāmollah Said Mostafá, esse nome tem a propriedade de amansar todas as criaturas dos pesadelos. Al Bā'ith quatro vezes, Al Bā'ith cinco vezes, Al Bā'ith seis vezes...

Ao cheiro de lodo se mistura um cheiro de sangue.

— Pai!

Então não estou num pesadelo? A voz da criança me parece tão real quanto este cheiro de sangue e de lodo.

— Quem é você?

Minha voz não chega à minha garganta. Vaga pela minha mente e se apaga. Tenho de abrir os olhos... não vejo nada.

As trevas... e depois, nada.

---

1. Aquele que ressuscita, que faz reviver.

Não, não estou dormindo. Estou entregue às forças do invisível. Os djins[2] vieram pousar sobre meu peito. Meu avô dizia que, segundo Dāmollah Said Mostafá — cuja autoridade valia pelo menos a de dez mulás* —, quando não há o Corão em um cômodo, os djins fazem seu ninho nele e, à noite, enquanto você está dormindo e sua alma foi passear, eles vêm assaltar teu corpo. Instalam-se em teu peito, amarram teus braços, amordaçam-no e vendam teus olhos. Começam a berrar teu nome imitando a voz dos que lhe são próximos, e você não deve de jeito nenhum responder a seus gritos, senão eles se apossam de você. Só há uma coisa a fazer: recitar tua profissão de fé!

---

2. Essas criaturas invisíveis pertencentes à cultura islâmica (capítulo 2 do Corão) habitam em profusão entre os humanos e não param de atormentá-los. Os djins não têm forma própria e são capazes de recorrer a qualquer forma humana ou animal.

* Título dado no Islã xiita às personalidades religiosas, em especial aos doutores do Corão. (N.E.)

Recite, em nome do céu! Se não recitar, os djins não irão embora e, enquanto permanecerem sobre teu peito, tua alma não voltará.

— Irmão!

Não. Não é minha mãe, é minha irmã, Parvana.

— Parvana, querida, você me chamou? Parvana, irmãzinha, expulse os djins de meu peito. Você está ouvindo a minha voz, Parvana?

Não, ela não está ouvindo. Os djins retêm minha voz dentro de meu peito.

Se pelo menos ela conseguisse vê-los!

Como Parvana conseguiria ver os djins!? Não é todo mundo que tem esse dom! Meu avô dizia que Dāmollah Said Mostafá era o único que conseguia vê-los. De tantas preces e sortilégios, ele os transformara em seus escravos. Os djins lhe eram submissos. Informavam-no sobre todo o mundo, e coitado daquele que pronunciasse algo ultrajante diante dele ou às suas costas, pois os djins...

Quem sabe, talvez esses djins sejam justamente os dedicados servidores de Dāmollah Said Mostafá. Meu avô achava que eles moravam dentro de nossas paredes, o que deveria tê-los tornado dóceis. Mas eu insultava os djins. À noite, com meu primo por parte de mãe, íamos urinar nos quatro cantos dos jardins desertos, no pé dos muros em ruína, esperando ter urinado sobre os djins de Dāmollah Said Mostafá. Essa noite, esses mesmos djins vieram, por sua vez, urinar em meu peito.

Se um dia Parvana os vir, vai ficar enfeitiçada.

— Parvana, irmãzinha, vá embora, não fique aí!

Os djins sufocaram minha voz no fundo de minha garganta.

O oficial me lançou um olhar cheio de ódio e começou a berrar:

— O comandante vai foder sua irmã!

O choque violento de uma Kalachnikov rasga minhas entranhas. As trevas caem diante de meus olhos. Um líquido acre sobe pela minha garganta, enche minha boca, esguicha no ombro do oficial, em sua arma, no retrato de Hafizullah Amin[3] pendurado no retrovisor do jipe... O veículo pára. Dois soldados me fazem descer. Sob seus pontapés rolo para uma vala cheia de lama.

Insultaram-me:

— Maldito seja seu pai!

---

3. Hafizullah Amin (1929-1979) foi um dos ditadores do regime pró-soviético; tomou o poder em setembro de 1979 depois de assassinar seu predecessor Taraki, mas foi eliminado alguns meses mais tarde por seu rival Babrak Karmal, alçado ao poder por intervenção de Moscou.

— Irmão!

Parvana continua a meu lado.

— Parvana, minha pequena, é mesmo você? Se for, fique e recite sua profissão de fé! Recite um versículo do Corão e expulse os djins do meu peito! Parvana, querida, minha alma foi passear pelas ruas escuras da cidade, caiu nas mãos dos soldados, e os djins vieram apoderar-se de meu corpo. Arrastaram minha alma pela lama, feriram-na. Parvana, minha pequena, fique perto de seu irmão, recite o Corão, afugente os djins para que minha alma aflita volte finalmente para dentro de meu corpo! Parvana?

Parvana foi embora. Abandonou-me, achou que eu estava dormindo. Não entendeu que eu era prisioneiro dos djins.

Aproxima-se a hora da prece da alvorada. Depois da prece, minha mãe virá até a minha cabeceira. Doce e serena. Como de hábito, vai rezar em voz baixa ao meu lado e me abençoar. Mais doce ainda que a brisa da manhã. Então os djins fugirão. Conseguirei abrir os olhos e, em vez de resmungar, como sempre faço, vou sorrir para minha mãe. Vou beijar-lhe as mãos. Vou tomar suas bebidas sagradas. Vou me prosternar diante de Deus; vou pendurar em meu pescoço o talismã que Dāmollah Said Mostafá deu ao meu avô; vou acreditar no "Malakūt"[4] e em seus habitantes; não vou mais negligenciar minha alma. À noite, toda noite, vou fazer minhas abluções e orar. Não vou mais me masturbar na cama. Comportado, cruzarei as mãos sobre o peito e repetirei cento e uma vezes o nome de Deus, Al Bā'ith, Al Bā'ith, Al Bā'ith...

---

4. Acima do mundo terrestre, segundo a tradição muçulmana, haveria dois outros mundos: o mundo supraterrestre chamado Malakūt abriga as diversas espécies de anjos e de gênios. O mundo supremo chamado Djabrūt abriga os anjos escolhidos, isto é, os mensageiros, os carregadores do Trono, e os que se encontram sob os véus da Majestade.

— O comandante vai foder sua mãe!

O oficial insultou-me antes de mandar os dois soldados me enfiarem no jipe. Vi-me sentado entre os dois soldados. O jipe começou a andar. Os sacolejos me enjoaram. Coloquei a mão no ombro do oficial sentado no banco da frente e disse com uma voz servil:

— Comandante...

O oficial me lançou um olhar cheio de ódio. Começou a berrar de novo:

— O comandante vai foder sua irmã!

Um fio de água fresca em meu rosto lava de meus lábios, de minhas narinas e de meus olhos o gosto tépido do sangue, o cheiro viscoso do lodo, as trevas pesadas da noite. Um arrepio me percorre. Devo acreditar que minha alma voltou e que os djins fugiram. Agora preciso abrir os olhos. Sob a dor lancinante, minhas pálpebras se franzem mais um pouco. E meus braços, será que eles conseguem se mover? Conseguem. Será que estou acordado? Pode ser.

Ao jogar a água, Parvana afugentou os djins. Minha alma conseguiu escapar das botas dos soldados. Despegou-se do lodo e no momento entra devagarinho em meu corpo. Mas está ferida e mortificada. É o que se chama "a união do corpo e do espírito", meu corpo sente os hematomas de minha alma.

— Está se sentindo melhor, irmão?

— Parvana?

Minha voz entrecortada só ressoa em mim mesmo.

— Você consegue se levantar?

Não, essa voz não é a voz de Parvana.

— Quem é você?

— Como?

Ela não ouve. Preciso recuperar o fôlego. O ar, penetrante, aflora as feridas de minha alma. A dor abrasa minha garganta. Preciso abrir os olhos. Apesar do sofrimento, ergo as pálpebras.

Continuo só vendo escuridão. Talvez ainda esteja sonhando? Al Bā'ith... quantos? Sonho dentro do sonho! Al Bā'ith... Pesadelo dentro do pesadelo! Al Bā'ith... Escuridão dentro da escuridão! Al Bā'ith...

— Pai, levante-se!

A voz do menino aproxima-se. Vejo sua cabecinha inclinando-se sobre mim; ele sorri, depois vira-se e diz a alguém atrás dele:

— Viu, mamãe, consegui acordar papai!

É a mim que ele chama de "pai"? Tento erguer a cabeça. Minha face direita está enviscada no lodo.

Os cheiros de sangue e de lama confundem-se, como a escuridão da noite e o rosto da criança. A noite torna a cair ainda mais escura sobre meus olhos.

Uma criança me chamou de "pai". Que final bonito para um pesadelo! Se meu avô estivesse vivo, eu iria me sentar na beirada do tapete de oração que sempre era estendido a seus pés e poderia contar-lhe meu sonho. Então ele pegaria sob sua almofada o livro sobre a interpretação dos sonhos que dizia ter recebido das mãos de Dāmollah Said Mostafá em seu leito de morte, desamarraria o elástico que segura a velha encadernação gasta, ajustaria no nariz seus óculos para enxergar de perto, entabularia um versículo do Corão. Para começar, leria em silêncio as passagens que poderiam esclarecer meu sonho e em seguida, após estabelecer a ligação, expressaria suas conclusões:

— No sonho, a criança representa o inimigo. Uma criança desconhecida é um inimigo do qual não se suspeita. O lodo simboliza o medo que esse inimigo provoca... e a água fria é sinal de sua falta de fé.

Depois tiraria seu anel de prata no qual estava gravado o nome de Deus — Al Djabbār[5] — e o colocaria em meu dedo, e acrescentaria que ouvira Dāmollah Said Mostafá dizer que se, no decorrer de um dia, da manhã até a noite, você repetisse duas mil duzentas e sessenta vezes esse nome de Deus, estaria protegido dos espíritos nefastos e das maldições de seus inimigos... Al Djabbār uma vez, Al Djabbār duas vezes, Al Djabbār três vezes...

— O pai disse alguma coisa.

Al Djabbār... quantas? Esse menino estranho, esse inimigo insuspeito impede-me de recitar. Na realidade, essa criatura não é uma criança, é um djim. Turva meu espírito para confundir minha recitação. O nome de Deus o assusta. Al Djabbār, Al Djabbār, Al Djabbār... Meu avô não dizia que os djins são pequenos como as crianças? Al Djabbār...

— Yahya, volte para dentro!

Al Djabbār. Dentro de uma bruma escura, vejo o corpinho do djim se mexendo. Al Djabbār. Afastando-se de mim. Al Djabbār. Afastando-se mais. Al Djabbār. Parando. Al Djabbār. Agora chego a distinguir o lugar onde ele parou. Está no vão de uma porta. O rosto de uma mulher aparece diante de meus olhos. Al Djabbār.

— Irmão...

Talvez essa mulher também seja um djim? Al Djabbār. Ou seria outra criatura maléfica? Al Djabbār. Tenho de levantar a cabeça.

---

5. O onipotente, o que domina e obriga.

Minhas têmporas explodem de dor.

Começo a distinguir um certo número de coisas, mas não consigo me mexer. Meus ossos estão quebrados, minhas veias partidas, meu cérebro estourou, os músculos estão rasgados... Não, não estou em um pesadelo, nem sob o domínio dos djins, estou simplesmente morto.

— Como você se chama?

Como se não estivesse escrito na minha carteira de identidade!, pensei comigo, mas assim mesmo respondi ao oficial:

— Farhad.

O oficial comparou meu rosto à foto da carteira de identidade.

— Nome do pai?

— Mirdād.

— Idade?

— Nasci em 1337.[6]

— Não sou cego. Está escrito aqui. Perguntei tua idade.

— Tenho de fazer as contas, muda todo ano.

O oficial esperou que eu acabasse meus cálculos, e ficamos ambos em silêncio. Por que entrei nessa brincadeira?

---

6. 1958.

Vai saber. Besteira de jovem! A voz do oficial, seu hálito carregado da fumaça e do cheiro de seu cigarro encheram as trevas da rua:

— O que está fazendo fora de casa a essa hora?

Cumprimentei-o como um soldado, batendo os calcanhares e levando minha mão direita acima da sobrancelha, e disse:

— Meu comandante, não saí da minha casa, estou voltando para casa!

— O comandante vai foder sua mãe!

Estou morto. Esse cheiro de lodo me diz que estou morto. Não se diz que "Deus pegou a argila para fazer o homem e insuflou-lhe a vida"?

Morri, e voltei à terra. Morri, espancado por dois soldados. Ou talvez traspassado pelas armas. Em todo caso, não estou num sonho nem sob o domínio dos djins, estou morto, e tudo o que vejo é o que está descrito no Livro dos mortos.[7]

Meu avô dizia que, segundo Dāmollah Said Mostafá — que a esse respeito invocava o ensinamento do imã Ghazāli —, no momento da morte, antes de deixar definitivamente o corpo, a alma vem concentrar-se inteira no coração. Nesse instante, o peso da alma comprime o

---

7. Trata-se de um escrito de Ghazāli (1085-1111) intitulado, em árabe, *Ad-Durra al-Fākhira* e traduzido para o francês sob o título de *La Perle précieuse* [A pérola preciosa]. Esse livro trata dos ensinamentos relativos à vida futura e constitui um verdadeiro "livro dos mortos do Islã".

peito do moribundo, e sua língua se paralisa. Aliás, você já não constatou que, depois de receber um choque sobre o peito, fica momentaneamente afônico?

É isso, estou morto e já enterrado. Encontro-me no cemitério familiar, talvez — quem sabe? — ao lado de meu avô, ou então ao lado de uma criança e de sua mãe. Dāmollah Said Mostafá disse a meu avô que, uma vez debaixo da terra, o morto vê, em primeiro lugar, seus vizinhos de cemitério e depois as pessoas próximas que o precederam na morte.

Quem sabe? Meu avô talvez venha ao meu encontro. Virá, com certeza virá, e vai me dizer:

— Então, acredita agora nas palavras de Dāmollah Said Mostafá? Não lhe disse o que ele dizia: o bêbado e o depravado são esperados no túmulo por anjos aterrorizantes de rosto negro. O anjo da morte dirige-se ao defunto assim: "Alma maldita, abandone esses despojos e submeta-se à fúria do Senhor." O anjo mira a alma com uma lança mergulhada desde a noite dos tempos no veneno e nas chamas do inferno, e a alma corre em todas as direções como uma gota de mercúrio. Mas não consegue escapar do anjo da morte. Chegam outros anjos e transportam a alma para os céus. Deus ordena que o nome do devasso seja inscrito no registro do inferno. Manda então a alma de volta à terra para que torne ao seu lugar nos despojos do defunto. É então que os anjos Ankar e Nakir[8] chegam ao túmulo e interrogam o morto:

"Diga-nos quem é seu Senhor? Qual a sua religião? Quem é Maomé?" A cada uma das questões, o depravado responde: "Não sei." Então, Deus diz aos anjos: "Minha criatura está mentindo: desenrolem a seus pés um tapete de fogo e abram a porta do inferno para que ele saboreie seu calor e suas chamas!" Em seguida, o túmulo começa a comprimir o corpo do defunto até moer-lhe as costelas...

— Irmão, levante-se, entre na casa!

Será o anjo da morte ou minha irmã? Sinto suas mãos quentes sob a minha nuca. Um arrepio faz minha cabeça tremer, percorre as minhas pernas. Também sinto arrepios dentro de mim — de dor, de frio, do frio do túmulo, do frio da morte.

O anjo da morte — ou minha irmã — me ergue. Sua cabeleira recobre meus olhos. Tudo começa a girar. Sinto minha alma escapulir. Algo começa a ferver dentro de mim, como água, ou melhor, como mercúrio, sobe em direção à minha garganta, jorra para fora. Torno a mergulhar no lodo.

O túmulo é ainda mais escuro que a noite.

---

8. Trata-se dos dois anjos da morte que interrogam o defunto no túmulo sobre o conhecimento da religião, e o torturam se ele não souber responder às questões relativas à fé. São descritos como dois anjos negros de cabelos longos que flutuam descendo até o chão.

Estou ajoelhado no chão, as mãos cruzadas na nuca. O soldado vasculhou meus bolsos. Pegou minha carteira de identidade e minha carteira de estudante. Voltou para perto do jipe e estendeu os documentos para a pessoa sentada no banco da frente do veículo. Trocaram algumas palavras, e o soldado gritou:

— Aproxime-se!

Pensei que meus joelhos haviam atravessado o asfalto e tinham-se enterrado no chão. Não conseguia me levantar.

— Você é surdo? De pé! Aproxime-se!

Arranquei a mim mesmo do chão e até dei um passo para a frente. Mas de novo fiquei plantado ali como um bloco de pedra. Pesado e estático.

— Você entende quando alguém fala com você? Aproxime-se!

O soldado começou a berrar. Sua voz invadiu a rua. A rua estremeceu. Ou talvez tenha sido meu coração.

Senti que me transformava em um cisco, propulsado na direção do jipe por um sopro de vento. O oficial sentado no banco da frente do jipe com meus documentos nas mãos assestou sua lanterna em meu rosto. Meus olhos fecharam-se, ofuscados pela violência do feixe de luz. Mas a vociferação do oficial tornou a abri-los imediatamente:

— Como você se chama?

Estou morto. Morto, antes mesmo de sucumbir sob as botas dos soldados. O túmulo moeu meus ossos. Vomitei minha alma. Os anjos da morte apareceram em meu túmulo com seu abjeto rosto negro, seus bigodes espessos e suas botinas altas. Golpearam-me com a coronha de suas Kalachnikov.

Estou morto. No cemitério, meu vizinho é um menino que não pára de me chamar:

— Pai! Levante-se! Desta vez estou acordado. Você também está acordado!

Meu avô dizia que, segundo Dāmollah Said Mostafá — que a esse respeito invocava os ensinamentos do venerável Sayed Ben Zobayr —, quando o homem morre e chega ao purgatório, vê seus filhos — os que morreram antes dele —, mas que eles não reconhecem uns aos outros, como se o pai chegasse de um outro universo.

Então eu tinha um filho?

Por que o anjo da morte joga água em meu rosto sem parar? Será mais um suplício que se aplica aos defuntos? O Livro dos mortos, no entanto, não faz qualquer alusão a isso! Com certeza é porque o anjo da morte quer me manter acordado para que eu sinta plenamente a dor e os hematomas de minha alma.

Meus olhos abrem-se. Vejo o rosto da criança e o rosto do anjo. Atrás deles, vejo uma porta aberta. Do outro lado da porta, nem braseiro, nem inferno. Talvez eu não tenha sido tão depravado assim. No fundo, o álcool foi meu único pecado. Jamais matei alguém.

Não. O que eu fiz não tem importância. O que conta é o que eu não fiz. Mais uma das lições de Dāmollah Said Mostafá. Você não fez suas orações. Você não fez a peregrinação a Meca. Você não deu esmolas!

Você não participou da guerra santa! Você não é Ghāzi nem Shahid!⁹

Portanto faço parte dos ímpios. É justo os anjos da morte ainda não me terem conduzido ao sétimo céu e meu nome ainda não ter sido inscrito no registro do inferno.

O anjo da morte despeja água em minha boca. Não devo beber essa água de forma alguma. "Se alguém lhe der água no túmulo, você não deve aceitar de jeito nenhum." Meu avô ouviu essa tradição de Dāmollah Said Mostafá e a invocara em voz alta junto ao túmulo de minha avó no dia de seu enterro, na esperança de que ela o ouvisse:

— Ó, amiga, que jaz sem vida! No túmulo, a sede vai atormentá-la! Mas cuidado! Satã vai apresentar-se com uma taça de água. Vai cochichar junto a seu ouvido esquerdo: "Se quiser beber água, diga antes que ninguém a criou!" Se você não pronunciar essas palavras e desistir de beber, ele vai tornar a assediá-la e dessa vez cochichar junto a seu ouvido direito: "Vamos, beba!" Cuidado! Ó, amiga sem vida! Se beber a água de Satã, pronunciará também suas palavras e dirá que Jesus é filho de Deus. Ó amiga, proteja-se de Satã! Não lhe dê ouvidos! Jogue sua água no chão!

---

9. Atribui-se o título de Ghāzi àquele que combateu com sucesso os infiéis, e o de Shahid a quem morreu lutando pela fé.

A água de Satã transforma-se em vinagre e incendeia minha garganta. Cuspo-a. O lodo e as trevas do túmulo invadem meus olhos.

Mãos seguram a minha cabeça. Mãos calorosas e indulgentes. Mãos ansiosas; elas tremem.

— É você, mãe?

Uma mecha da cabeleira materna acaricia meu rosto. Suave, tranqüila.

— Irmão, você acordou?

Não é minha mãe. Quem é?

Abro os olhos, apesar da dor. Não sei se a escuridão provém da noite ou da cabeleira. Recuo levemente a cabeça. Atrás da longa mecha de cabelos descubro o rosto desconhecido de uma mulher e, um pouco adiante, o rosto de uma criança que diz:

— Pai!

Sua mão acaricia meus cabelos.

— Pai! Você acordou, você está em casa, levante-se!

Outra vez essa voz, outra vez esses rostos?! Não. Ainda estou dormindo. É melhor fechar os olhos. Fecho.

— Pare!

Parei. Não. Fui fulminado. Fulminado ao ver um soldado mirando sua Kalachnikov diretamente sobre mim. O soldado está em pé ao lado de um jipe. Os faróis ofuscam minha vista. Ergo a mão para me proteger da luz que cega.

— Pare! Mãos na cabeça!

Fiquei imóvel como uma árvore morta. Uma árvore sem raízes, a ponto de cair. O soldado, a metralhadora, o jipe, tudo começou a girar diante de meus olhos. O estalo seco de um carregador dissipou bruscamente o rodopio do soldado e do jipe. A árvore morta tornou-se bloco de pedra inerte. Um segundo soldado surgiu junto ao jipe. Aproximou-se de mim, prestes a atirar, e disse:

— A senha?

E eu disse:

— Essa eu passo...

Fora de si, o soldado berrou:

— Você sabe a senha?

— Mas que horas são, afinal?

Tentei dar uma olhada em meu relógio.

— Não se mexa!

O cano frio da Kalachnikov entrou na minha barriga. Minha língua mexeu-se:

— A senha do toque de recolher?... Não, não sei.

Pensei em fazer um gesto para me aproximar do soldado e confiar-lhe junto ao ouvido que eu havia bebido um pouco e me esquecido do toque de recolher. A vociferação do soldado e o choque da Kalachnikov em minhas entranhas fizeram com que todo o peso e as trevas da noite caíssem sobre mim.

— De joelhos!

Seria possível haver qualquer realidade naquelas mãos que sustentavam minha cabeça, naquela mecha de cabelos que acariciava meu rosto, naquele menino que me chamava de "pai"? Não é justamente próprio dos sonhos tudo parecer mais verdadeiro que a verdade? No fundo, o pensamento humano funciona assim. É o caso de acreditar que o homem dá mais crédito a seus sonhos do que à realidade. Não fosse dessa maneira, como todas essas revoluções, essas guerras, essas ideologias poderiam existir? Como esta...

— Irmão, você consegue se levantar?

Abro os olhos, apesar da angústia. Nada mudou. Ainda essa mulher. Ainda essa criança.

O dia não vem. A noite eterniza-se. A mulher está de pé. Estou morto. A mulher — ou o anjo — arrasta meu corpo. Para onde está me levando? Para que abismos?

Meu hálito cheira a álcool. Minhas narinas cheiram a lodo. Pequei. As contusões dos golpes de clava de Ankar e de Nakir doem.

— Querido anjo! Poupai-me! Ó Deus, imploro sua mansuetude! Perdoai-me!

Por qual das portas do inferno estamos passando? Por que o anjo torna a fechá-la?

— Livrai-me, Anjo...

As mãos do anjo soltam-me. Flutuo, depois caio no chão. Ouço o silêncio.

— Irmão, você quer água?

Meu olhar abandona o crescente da lua e pousa no rosto feminino que várias vezes apareceu em meu pesadelo. Agora a mulher está de pé a meu lado, um copo de água na mão; e eu estou estendido a seus pés como um destroço.

A dor consome meu corpo. Endireito a cabeça. Descubro-me em um terraço. O clarão amarelado de uma lamparina que escapa de uma janela dando para o terraço recorta a silhueta feminina sobre o fundo insondável da noite.

Não. Não estou em um sonho, nem em um pesadelo, nem no purgatório. Estou acordado e bem vivo! Você vê, estou em condições de apanhar o copo de água das mãos da mulher e de bebê-lo todo... Sinto o trajeto da água dentro do meu corpo; sinto a garganta arder, meus ossos doendo... Não, isso nada tem de um sonho. Chego a distinguir os traços finos de uma mulher, a mecha de cabelos que esconde metade de seu rosto.

— Irmão, você quer mais um pouco de água?

Também compreendo suas palavras. E até consigo responder:

— Obrigado.

A dor não me deixa prosseguir, não me deixa perguntar onde me encontro e nem por quê.

A mulher desaparece na escuridão do corredor. Dele emerge a criança, uma grande almofada nos braços.

— Toma, pai, coloque debaixo de sua cabeça!

Por que essa criança me chama de "pai"? A criança apóia a almofada na parede sob a janela do cômodo de onde escapa o clarão amarelado da lamparina. Arrasto-me até a almofada e recosto-me nela. Uma sombra rasteja lentamente no chão do terraço. Viro-me para olhar atrás de mim. No cômodo inundado pelo halo pálido e brumoso da lamparina, vejo um corpo afastando-se lentamente, devagar, rumo ao corredor. Seus braços arqueados desenham dois parênteses em torno de seu tronco. O corpo desaparece na escuridão que reina além da porta.

Lanço um olhar carregado de angústia em direção à criança sentada à minha frente e que me encara com um sorrizinho nos lábios. Deixo a cabeça tornar a cair na almofada e fecho os olhos. Não quero mais pensar nesses fantasmas e nesses sonhos.

Dou fé à existência dos pesadelos!

— Pai!

Não. Nunca mais vou abrir os olhos. Sucumbo ao pesadelo. Sou prisioneiro de meus sonhos. Nenhum dos nomes de Deus conseguiu me salvar.

Os pesadelos são mais fortes que a fé. Minha alma deixou de me pertencer.

Meu avô dizia que, segundo Dāmollah Said Mostafá, quando um homem perde o domínio de sua alma, ele deve repetir o nome de Al Mumīt[10] cruzando as mãos sobre o peito.

Sinto as mãozinhas da criança na minha testa.

---

10. Aquele que dá a morte.

Al Mumīt, Al Mumīt...

— Pai, você está melhor?

Estou cansado de todos esses pesadelos. Deixe-me em paz! Em paz! Está me ouvindo?

A mão do menino acaricia minha testa. Estou vendo-o. Ele está rindo. Eu também gostaria de rir. Rir de mim. Rir da minha impotência. Rir do mundo que se chama Malakūt... dos djins...

— Yahya, volte aqui!

A voz da mãe de Yahya ressoa na escuridão do corredor.

— Mamãe, papai está curado! Ele sorriu!

— Já lhe disse para entrar! Vá se deitar!

A criança vem pousar um beijo na minha testa; seus olhos transbordam de ternura. Sai correndo em direção ao corredor e à voz de sua mãe.

O que aconteceu? O que foi esse qüiproquó? Por que esta noite não acaba? O que eram aqueles soldados e por que aquele interrogatório? Como me trouxeram até aqui, para junto desta mulher e desta criança? Por que eles me chamam assim, ela de "irmão", o menino de "pai"?

Por que não me levaram até a casa de minha mãe?

— Pai, beba um pouco.

A criança voltou com um copo. Pego-o com uma mão insegura, um olhar embaralhado de perguntas, e levo-o aos lábios. Minha língua e minhas gengivas ardem; sinto o trajeto do líquido em meu corpo. Incapaz de continuar a beber, entrego o copo à criança, endireito ligeiramente meu corpo alquebrado e faço-lhe um sinal para que se aproxime. Yahya corre e senta-se ao meu lado. Por onde começar? Onde estou, por que estou aqui, ou melhor, por que ele me chama de "pai"?

— Pai, para onde você foi?

A pergunta da criança faz minhas próprias interrogações refluírem em minha mente agitada. De onde estou voltando?

— Yahya, eu disse para você ir se deitar!

Ao chamado de sua mãe, ele levanta-se e foge pelo corredor, rumo ao clarão da lamparina.

De onde estou voltando? E se, no fundo, fui vítima de uma amnésia? É possível, já aconteceu de as pessoas perderem a memória após um choque e de se esquecerem do passado, de não saberem mais seu nome e de perderem sua identidade. Não se lembram mais de suas mulheres, de seus filhos ou de suas casas... A memória delas apaga-se, fica como uma página em branco, virgem de palavras, virgem de números.

Não. Eu ainda sei quem sou. Sei que me chamo Farhad. Sou filho de Mirdãd e nasci em 1337. Meu avô era discípulo de Dāmollah Said Mostafá, que ninguém jamais viu, nem minha avó, nem minha mãe. Só meu avô o conhecia. Às sextas-feiras, quando voltava da mesquita, meu avô convocava todos os seus netos, ia buscar sob sua almofada o Livro dos mortos do imã Ghazāli e começava a nos contar detalhadamente o que espera todos os homens no túmulo. Tínhamos medo, começávamos a chorar e a nos prosternar.

De fato, não parecem ser exatamente as considerações que eu fazia há pouco em meu pesadelo? Será que eu não estaria repisando o conteúdo de meus sonhos? Não tenho mais memória e, de repente, confundo meu pesadelo com a realidade.

Não. Ainda tenho outras lembranças. Minha mãe chama-se Homeyra, teve três filhos, minha irmã Parvana, meu irmão Farid e eu. Vai fazer dois anos que meu pai está com outra esposa, mais jovem. Pouco depois do golpe de Estado de Sawr[11], meu pai fugiu com ela para o Paquistão, sem se dar ao trabalho de divorciar-se de minha mãe; simplesmente a abandonou... Hoje é o 27 Mizan de 1357.[12] Hafizullah Amin — o fiel discípulo de

---

11. O golpe de Estado pró-soviético de 27 de abril de 1978.
12. 18 de outubro de 1979.

Taraki — acaba de assassinar seu venerado mestre para tomar o poder... o que mais?

Não. Minha memória está intacta. Nunca tive mulher nem filho. E até hoje — à parte a masturbação e os remorsos que ela provoca — jamais saboreei o prazer, aquele que se sente nos braços calorosos e doces de uma mulher.

Não tenho nenhum motivo para pensar que perdi a memória! Ou de duvidar de minha identidade e de meu passado. Não. Deve ter acontecido alguma coisa.

Deve ser um erro. Logo verei com mais clareza. Talvez eu só tenha bebido um pouco demais. Fiquei enjoado, minha mente se turvou e tudo adquiriu a aparência de um pesadelo.

— Irmão, você deve estar com fome. Quer comer alguma coisa?

A mulher está na entrada do corredor, a lamparina na mão. No halo da lamparina, a noite recorta os contornos de sua saia que flutua e destaca as listras do tecido verde. Seu olhar está submerso na escuridão do corredor.

Sim, estou com fome, mas não quero comer. Só quero saber onde estou e por quê.

— Não, obrigado, irmã... mas...

O homem fantasma, aquele que vi há pouco pela janela sob a qual eu estava encostado, emerge da escuridão gemendo e vem postar-se atrás da mulher. Meu olhar e minha pergunta perdem-se entre seus braços, que ele mantém afastados em torno de seu torso esquelético. Imperturbável, a mulher pega suavemente a mão do homem fantasma e desaparece no corredor.

Eis-me sozinho de novo, diante de mil perguntas que vagam entre as quatro paredes desta noite estranha.

Fui com Enayat, meu melhor amigo e confidente, à lojinha do *Mo'alem*.[13] Como sempre, o velho surgiu de trás dos balcões de grão-de-bico e de batatas cozidas com seus longos cabelos flutuando à altura dos ombros e seu corpinho desconjuntado e desproporcional. Sorriu para nós e afugentou da loja os dois garotos que tinham vindo comprar grão-de-bico. Começou a rir, e seus olhos brilharam. Sua voz tremulante invadiu a lojinha:

— As filhas de Baco esperam por vocês!

Arrastando as velhas pernas titubeantes e seu corpo arqueado para o fundo da loja, puxou uma tapeçaria preta-e-branca e convidou-nos a sentar.

— *Bebam a taça em segredo, porque eles são implacáveis!*

---

13. No Afeganistão, é freqüente chamar as pessoas pelo título de um cargo que elas exerceram em alguma época de sua vida. *Mo'alem* significa professor e indica que o velho deve ter lecionado antigamente.

Seu riso ressoou de novo. A tapeçaria tornou a cair e protegeu-nos dos olhares. Sentamo-nos ao lado de duas moringas. O *Mo'alem* dirigiu-se primeiro a mim:

— Quer a loira ou a ruiva?

— A ruiva.

— Boa escolha.

De uma das moringas, despejou vinho tinto em um copo de metal. Ele próprio tomou um gole de vinho e exclamou a si mesmo meneando a cabeça com suavidade:

— Ah, se Hāfiz estivesse entre nós, dedicaria um poema a mim. Beba e observe essa deusa que pus no mundo!

Encheu de novo o copo e estendeu-me. Depois voltou-se para Enayat:

— A loura ou a ruiva?

— A loura.

— Você também tem razão.

Pegou a outra moringa e despejou vinho branco em um copo. Bebeu um gole de vinho e exclamou meneando a cabeça com suavidade:

— Que pena, se eu tivesse vivido nos tempos de Babūr[14], ele teria recoberto Cabul de vinhas para mim!

Encheu de novo o copo e estendeu-o a Enayat.

Bebemos até o cair da noite. Precisamos levar o *Mo'alem* até a casa dele. Sua mulher semi-adormecida

---

14. Descendente de Tamerlã e fundador da dinastia dos grão-mogóis; Babūr (1483-1530) fez de Cabul sua capital. Era também conhecido como um grande amante de vinho.

veio abrir a porta e amaldiçoou-nos aos três. Fez com que depuséssemos seu marido no terraço e disse resmungando:

— Bem que gostaria de saber se são vocês que compram vinho desse imbecil ou se são vocês que o fornecem.

O riso do *Mo'alem* envolveu a pequena latada do jardim.

— Era uma vez... um bêbado... que vendia... vinho...

Sua mulher começou a blasfemar.

— Como fez com Shams[15], Deus vai privá-lo de túmulo!

O *Mo'alem* continuou a declamar sua narrativa em frases soltas:

— Alguém pede... é estranho... a gente vende vinho e... em troca... o que você quer comprar?

A mulher do *Mo'alem* expulsou-nos a ambos da casa e fomos "ao inferno" na escuridão de um parque público. A Enayat ocorreu urinar ao pé de uma grande árvore cujos galhos desciam até o jardim do comitê político de seu bairro, para que nossa urina regasse os frutos vermelhos da árvore. Começamos a fazer xixi às gargalhadas.

As vociferações da sentinela do comitê político siderou-nos. O soldado nos expulsou do parque, ameaçando-nos

---

15. Uma das grandes e enigmáticas figuras do sufismo, Shams de Tabriz (1186-1247?) não escreveu diretamente, mas suas considerações (*Maqālāt*) foram anotadas por seus alunos, e seu pensamento é central na obra do mais ilustre deles, Maulãna Djalal ad-Din Rūmī, que lhe consagrou, entre outros, o famoso *Dīwan-e-Shams*.

com sua arma. Ao sair dali, despedi-me de Enayat. Ele foi para um lado da noite, e eu, para o outro. Esqueci o toque de recolher. No meio do caminho, o berro de um soldado pregou-me no chão.

— Pare!

Corro. Deslizo pela noite. Leve como um cisco. Minha trajetória é ladeada de fileiras de árvores carbonizadas, mas cobertas de frutos vermelhos secos. A rua perde-se no infinito. Corro. O soldado me persegue, pesado como um bloco de pedra. Sua arma pesa toneladas. Ruge:

— Pare! Pare!

Não paro. Corro como um cisco ao vento. A cada passo, cresço: cresço a olhos vistos. Minha altura ultrapassa o topo das árvores. O soldado diminui. Diminui a olhos vistos. Paro e mijo no soldado. Sob o jato de minha urina, o soldado começa a crescer: cresce cada vez mais! Minha urina fica bloqueada. O soldado ri. Começo a gritar. Minha voz parece um turbilhão em meu peito. O riso do soldado abala a rua e a noite. A manzorra do soldado cai sobre meu ombro. Meu ombro dói. A mão do soldado me sacode:

— Irmão!

A noite é mais escura que o véu sobre meus olhos. Endireito a cabeça em direção à voz. Diante de meu rosto, o clarão amarelo da lamparina destaca uma mecha de cabelos na noite estrelada.

Recuo e descubro de novo aquela mulher cujo filho me chama de "pai". Olho ao meu redor. Estou no mesmo lugar, sob a janela que dá para o terracinho.

A mulher apanha a mecha de cabelos. O clarão amarelo quebra a noite em seu olhar.

— Irmão, levante-se depressa!

— Como...

O que eu poderia dizer?

A mulher quer dizer alguma coisa:

— Entre depressa! Os soldados voltaram.

A rua se enche de ruídos: portas de automóveis, ordens militares, botas batendo. A mãe da criança cujo nome esqueci apaga a lamparina. Permanece imóvel, ajoelhada perto de mim. Na dor, concentro-me sobre mim mesmo para me levantar.

A mulher torna a ficar de pé calmamente e dirige-se ao corredor. Com os dois dedos que acabam de apanhar a mecha de cabelos em seu rosto, faz um sinal para eu acompanhá-la. Levanto-me e arrasto meu corpo esfarrapado em sua direção. Penetro nas trevas do corredor. A mulher volta a fechar a porta atrás de mim e precede-me na escuridão.

— Venha comigo para o outro quarto!

Deixo-me guiar como um cego pelo murmúrio de sua saia que entra em um cômodo e pára. Na mão da mulher, um fósforo rasga a escuridão. Ela acende a vela meio consumida cuja parafina se espalhou pelo peitoril da janela. É um quartinho com dois colchões pousados sobre um tapete vermelho e preto, um perto da porta e o outro bem no fundo do quarto sob a janela. Tiro meus sapatos cobertos de lama e sento-me no colchão na entrada do quarto. A mulher volta para o corredor.

— Fique aqui por enquanto...

— Desculpe-me por...

O que mais eu queria dizer? A mulher desaparece no corredor.

A vela consome-se, ainda mais indecisa do que eu.

A noite consumiu a vela. Na escuridão do quarto, minha angústia conduz minha mão temerosa e indecisa em direção à janela, faz com que erga um pano da cortina para ver se os soldados entraram no pátio. O pátio está vazio, imerso na escuridão e no silêncio. Onde está a mulher, afinal? Por que os soldados voltaram? Por mim? De que sou acusado?

Preciso ir embora daqui. Minha mãe não tem a menor idéia da desgraça que me aconteceu! Neste mesmo instante, deve estar no pátio, agachada atrás da porta entreaberta; ela espera ouvir meus passos na calçada e não ouve. De vez em quando, debruça-se para fora, morrendo de medo, para me procurar com os olhos na escuridão da noite e não me encontra. Suas mãos juntam-se ao mesmo tempo em que ela balbucia uma surata do

Corão: é a prece da salvação. Ela fecha os olhos. Morde seus lábios exangues e promete levar uma oferenda ao "Rei dos dois sabres"[16] se eu voltar logo, são e salvo, para casa. Tenho de ir embora.

Levanto-me e prossigo às apalpadelas até a porta do quarto. Localizo meus sapatos pelo cheiro. Os sapatos na mão, entro no corredor na ponta dos pés.

— Onde você vai?

Os sapatos caem. A mulher está postada atrás da janelinha à entrada do corredor.

— Tenho de ir embora!

— Para onde?

— Para casa.

— Para lá, depressa! A rua está cheia de soldados.

A mulher passa à minha frente e dirige-se para uma porta entreaberta que deixa filtrar sobre o chão do corredor um fiozinho de luz amarela. Antes de entrar no quarto, lança-me seu olhar meio velado pela mecha de cabelos e, com um sangue-frio que gostaria de ver mais vezes em minha mãe, diz num murmúrio:

---

16. *Shahe dou shamshera*: literalmente, o Rei dos dois sabres. O mausoléu ergue-se no centro de Cabul, exatamente no lugar onde tombou Laith Bin Qias, célebre guerreiro árabe e um dos pilares da conquista muçulmana do Afeganistão nos tempos do califa Uthman. A lenda diz que ele combatia com um sabre em cada mão e que continuou lutando depois de decapitado.

— Ponha seus sapatos.

Depois desaparece no quarto. O tempo de colocar os sapatos, ela volta para o corredor. Com uma mão segura a lamparina, com a outra, a mão do homem fantasma que vi há pouco e que continua na mesma postura, os braços arqueados em torno do torso. Agora distingo seu rosto um pouco melhor. Seus cabelos são inteiramente brancos, sua barba também, embora esteja longe de ser idoso. É um jovem, sem dúvida mais jovem do que eu.

— Venha, siga-me!

Ao som de sua voz, meu olhar se desprende da cabeleira branca do jovem prematuramente envelhecido e segue o trajeto do farfalhar de sua saia até a extremidade do corredor. A mulher empurra a portinha que conduz à parte de trás da casa. Descemos alguns degraus. Sob a escada, ela desobstrui um alçapão escondido sob um tapete de terra e gravetos. Abre-o e me diz para descer primeiro.

Desço sem hesitação, sequer pergunto-me — ou pergunto-lhe — por quê.

Desço para um fosso retangular. O homem fantasma também desce e aperta-se contra mim. A mulher torna a fechar o alçapão e ouvimos sobre nossas cabeças uma chuva de terra e gravetos. Talvez eu seja o único a ouvir isso.

Quem é esse homem? Seu marido? Um transeunte desconhecido como eu que ela salvou e impediu de ir embora? Vou ficar aqui como ele? Meus cabelos vão ficar brancos? O que essa mulher quer de nós?

Batem à porta da casa. O homem fantasma respira com dificuldade. A umidade subterrânea mistura-se ao cheiro de lodo que sobe de meus sapatos. No pátio, ressoam estrépitos de botas. O homem fantasma geme baixinho. Um suor frio escorre pela minha testa, ao longo de meu nariz. Tenho a impressão de que uma poça de água está se formando sob minhas pernas. O homem fantasma continua a gemer. Um vapor tépido enche a fossa. Um odor ácido e amargo agride minhas narinas. O homem fantasma está urinando. Seus gemidos rasgam o ar.

Tudo se mistura: o lodo e a urina, os gemidos e a respiração, as trevas e a dor, a sufocação e a terra.

Estou no túmulo.

Meu avô dizia que, segundo Dāmollah Said Mostafá, os atos do infiel se metamorfoseiam em lobos famintos, cegos e surdos, que vêm atormentá-lo no túmulo até o dia do Juízo Final.

Ou, em certos casos, assumem a forma de porcos ignóbeis que vêm torturá-lo.

Sim, sou um infiel e, para torturar-me, enviaram-me um anjo cego e surdo para que ele não possa me ver sofrer nem me ouvir chorar e suplicar.

Onde está, afinal, minha mortalha, para que nela eu inscreva meus atos?

— Irmão?

Se um dia eu abrir os olhos — abro-os —, ainda estarei nas trevas — elas estão aí —, será a mesma fetidez, a urina, o vômito, o lodo, o túmulo... os gemidos do jovem de cabelos brancos, o homem fantasma cego e surdo, a mesma mulher que diz:

— Irmão, venha! Pode sair.

E tenho de me mexer de novo e levantar-me. Mas não consigo. A mulher tem de aspergir de novo meu rosto. Preciso abrir os olhos e sair desta fossa estreita, preciso subir os degraus de novo, entrar no corredor escuro e interminável, voltar ao quartinho que não é o meu, desabar no chão.

A mulher me diz:

— Irmão! Os soldados foram embora...

E tenho de tornar a fechar os olhos.

Gemidos pungentes chegam a meus ouvidos. Abro os olhos. Não vejo nada nem ninguém. Minha mão tateia o chão: não há terra, nem lodo, mas a superfície áspera de um tapete. Os lamentos exacerbam-se. O ruído seco de uma porta que se abre banha o corredor de uma luz amarela, e meu quarto também. A luz passeia e abandona o quarto quando uma outra porta se abre. Os lamentos calam-se. O corredor permanece parcamente iluminado.

Estou com sede. Minha garganta está pegando fogo, minhas têmporas estão explodindo. O mau cheiro de lodo, de urina, de sangue, de vômito e de vinho tornam a subir às minhas narinas. Tenho de encontrar água. Levanto-me. Deixo-me orientar pela luz fraca que se insinua por uma porta entreaberta e rasga a noite no centro do corredor. Aproximo-me da porta. Colocaram a lamparina perto da soleira. No fundo do quarto, a mãe da criança que me chamou de pai está sentada no chão. Abriu seu corpete e amamenta o homem fantasma de cabelos brancos que suga seu seio como um recém-nascido.

Fecho os olhos e inspiro antes de tornar a abri-los. Não, não estou sonhando. Os lábios do homem fantasma continuam pressionando o seio branco da mulher! Quero me mexer e não consigo; meus pés estão pregados no chão. O homem fantasma adormeceu. A mulher retira o seio devagarinho e apóia a cabeça do jovem em uma almofada.

Ela não pode me ver. Tenho de me afastar, mas não consigo. Agora a mulher fecha o corpete. Estou fulminado. Ela levanta-se e se dirige para a porta. Um suor frio me banha da cabeça aos pés. A mulher pega a lamparina e sai para o corredor. Todo o peso da noite cai sobre meus ombros. A mulher imobiliza-se à minha frente, silenciosa. Estou paralisado. Pergunto:

— Onde é o banheiro?

A mulher afasta a mecha de cabelos de seu rosto. Seu olhar não trai qualquer interrogação, qualquer surpresa, qualquer pudor feminino. Guia-me com a lamparina até uma pequena porta aberta, pousa a lamparina no chão do banheiro e volta ao corredor:

— Vou buscar roupas limpas e uma toalha.

O espelho me assusta. Vejo nele um fantasma cujos cabelos ainda não encaneceram. Sou eu?

Coloco minhas roupas cobertas de lama, de sangue e de vômito em um canto, pego a lamparina e saio do banheiro. Volto para o quarto onde estava.

A mulher está sentada no colchão perto da porta. Nem a irrupção da luz no quarto, nem minha presença desviam seu olhar crivado no tapete. Sua cabeça está inclinada para a frente e, como sempre, metade de seu rosto está velado pela mecha de cabelos. Coloco a lamparina ao alcance de sua mão, perto da porta, e afasto-me o mais discretamente possível para não perturbar seu silêncio ou seu recolhimento. Dirijo-me ao outro colchão. Sobre o cadáver da vela apagada, outra vela. Sento-me. Minha sombra tremula na parede oposta e sobre o corpo da mulher.

Meu olhar roça as linhas negras do tapete, obsedado pelo desejo de subir ao longo do corpo da mulher. Seu seio ainda estaria desnudo?

Permanecemos em silêncio, cada um esperando que o outro intervenha. Cabe a mim dizer alguma coisa? Mas o quê? Quem é você? Não estaria me confundindo com outra pessoa? Por que não me deixa ir embora? Essas perguntas que ainda abrem caminho em direção aos meus lábios fazem meu coração bater e meu corpo vibrar; minha garganta se resseca.

Meu olhar é prisioneiro dos motivos do tapete. Devo dizer algo.
— Irmã, não sei como agradecer-lhe por tudo o que fez por mim. Ainda não entendo o que aconteceu!? Hoje à noite...
— Estávamos no terraço, meu filho Yahya e eu. Um jipe freou e ouvimos ruídos, vozes de soldados, insultos, golpes. Quando eles foram embora, entreabri a porta e você estava desacordado na vala.

Meu olhar perturbado foge dos motivos do tapete e recai sobre as flores do colchão em que ela está sentada. Não tem coragem de subir até seu seio.
— Sim... eu estava atrasado. O toque de recolher tinha acabado de começar. Estava correndo para minha casa... Mas já a importunei o suficiente... Agora preciso ir embora.

A mão da mulher pousa sobre uma flor do colchão.

— Passe a noite aqui, amanhã encontraremos uma saída. Você está em segurança aqui, eles já vasculharam a casa, é pouco provável que voltem. Acho que estão procurando você. Disseram que havia um ladrão escondido em nossa rua. Passaram o bairro no pente fino.

Meu olhar, cheio de aflição e ansiedade, sobe ao longo da mão pousada sobre a flor:

— Disseram mesmo ladrão?

Seu corpete está fechado.

— Eles tinham de dizer alguma coisa para nos assustar e justificar as buscas!

Metade de seu rosto está escondida pela minha sombra, e a outra metade pela mecha de cabelos.

— Nem mesmo sei por que me pegaram e espancaram. Não pode ser só por causa de uma senha!

Liberando a flor amarrotada do colchão, sua mão vem recolher a mecha de cabelos do meio do rosto e leva-a para trás de sua orelha. E eu, afastando-me do campo da vela, retiro minha sombra da outra metade.

— Não saber a senha e não ter a carteira do partido em si já é um crime.

— Minha carteira de identidade? Minha carteira de estudante?

Dou um pulo e precipito-me para o banheiro. Vasculho os bolsos de minhas calças e de minha camisa. Nada. Aniquilado, volto para o quarto. Impassível, a mulher não saiu do colchão. Permaneço no vão da porta, devorado pela angústia.

— Tenho de ir embora.
— Sem documentos?
— Talvez tenham jogado tudo na vala. Não vão chegar ao ponto de confiscá-los!
— Você acha que é hora de ir olhar? Talvez a patrulha ainda esteja na rua.

Perplexo, dou alguns passos rumo ao colchão e depois, no auge da confusão, exclamo:

— Minha mãe!...

Ela parece não ter ouvido.

— Vou lhe trazer algo para comer.

Levanta-se, pega a lamparina e sai rompendo o silêncio e a escuridão do corredor.

Como a vela no peitoril da janela, meu corpo derrete e escorre pelo colchão.

Torno a ficar sozinho, obsedado pelo rosto de minha mãe, que foi abrigar sua angústia no fundo do pátio, longe de meu irmão e de minha irmã: ela quer que eles durmam porque têm aula no dia seguinte. Minha mãe anda para lá e para cá atrás da porta rezando. Seus soluços acabarão fazendo o pátio explodir. Tenho de ir embora agora mesmo, senão ela não vai dormir a noite inteira.

— Tenho de ir embora!

Minha voz rasga a escuridão muda do quarto. Levanto-me. Minha sombra receosa se despedaça na parede e no teto. A mãe de Yahya chega do corredor com uma bandeja.

— Tenho de ir embora!

— Coma alguma coisa antes.

A mulher ajoelha-se e despeja o chá. Sempre aquela firmeza em seus gestos. Em sua voz e em seu olhar também.

— Minha mãe não vai dormir a noite inteira.

— Se você sair agora e topar com a patrulha, ela não vai dormir nunca mais.

Ela me criva onde estou. Diante dela, fico desarmado como uma criança. Torno a me sentar ao lado da bandeja, tremendo como minha sombra. A mulher está ocupada servindo o chá.

— Irmã, não quero importuná-la por mais tempo, posso...

Ela põe um pedaço de açúcar em minha xícara e me estende uma fatia de pão.

— Que eu saiba, quando se chega ao fundo do poço, as coisas só tendem a melhorar. Acalme-se. Não acho que possa acontecer nada pior do que vivi nos últimos anos.

Seu olhar desliza pela minha sombra retalhada e tremulante.

— Meu marido foi preso há um ano. Depois, disseram-nos que foi executado. Não contei nada a Yahya. Ele continua acreditando que seu pai está viajando, que está em uma cidade distante chamada Pol-e-Charkhi.[17]

— Por que ele me chama de "pai"? Pareço-me com ele?

— De jeito nenhum. Nem um pouco.

Tenho vontade de dizer: mas então por quê? Teria esquecido o rosto de seu pai? Não há nenhuma foto de seu pai

---

17. Pol-e-Charkhi, literalmente "ponte giratória". Trata-se da prisão sinistra situada a leste de Cabul. Verdadeiro campo de extermínio, onde foram perpetradas massivas execuções e torturas sob os diversos regimes comunistas entre 1978 e 1992.

na casa inteira? O que ele quer dizer quando anuncia o tempo todo com um ar vitorioso que me tirou do sonho?

A mãe de Yahya encosta-se na parede. Inclina a cabeça para trás e funde-se com sua sombra. Seu olhar acompanha minha mão até a bandeja onde torno a colocar o pedaço de pão e permanece fixo naquele lugar.

— O jovem que estava com você no esconderijo é meu irmão. Só tem dezoito anos. Ficou três semanas na prisão. Pergunto-me ao que o submeteram para que ele perdesse o juízo; seus cabelos ficaram brancos... ele não fala mais. Acorda à noite, geme e chora... está como um recém-nascido.

Ela confia ao silêncio o cuidado de completar suas palavras e interpretá-las, e acompanha o movimento de minha mão tremente que torna a colocar a xícara de chá na bandeja. Em meus pensamentos, seu seio nu, de uma inocência ainda maior que o seio de minha mãe, se enche de lágrimas.

— Por duas vezes levaram meu irmão ao exército. Acham que sua doença é um pretexto e, a cada vez que o prendem, ele piora. Agora decidi escondê-lo.

Ela recolhe a mecha de cabelos de seu rosto. O silêncio volta a reinar. Ela parece esperar que eu faça perguntas que calo, e não as faço.

A mulher levanta-se, e depõe na bandeja minhas perguntas com meu medo e minha emoção. Ela as leva embora com o pão e as xícaras pela escuridão do corredor.

A mãe de Yahya voltou para dizer "durma bem" e deixar-me sozinho, entregar-me à minha sombra tremulante obsedada por seus dois dedos; esses dedos que, nos momentos mais sombrios, vêm colher minha angústia e a levam com a mecha de cabelos para trás de sua orelha.

Pergunto-me que mistério ocultaria esse gesto que atrai dessa forma meu olhar, corta-me a respiração e consegue afugentar minhas dúvidas e minha ansiedade?

Esse gesto dá às suas mãos uma suavidade particular, ou melhor, revela toda a sua suavidade. Quando a mecha de cabelos vela metade de seu rosto, seu olho órfão fica repleto de angústia; sinto-me pouco à vontade. Mas quando seus dois dedos varrem a mecha de cabelos desvelando seu olhar, não há mais vestígios de angústia.

Deus sabe por que meu avô dissera a meu pai:

— Deve-se temer duas coisas na mulher: seus cabelos e suas lágrimas.

Murmurara alguma coisa afastando três contas de seu *tasbih** e prosseguira:

— Os cabelos de uma mulher são uma corrente, e suas lágrimas, uma torrente furiosa.

Mais três contas do *tasbih* acompanhadas de três preces e concluíra:

— Por isso diz-se que é absolutamente necessário cobrir o rosto e os cabelos de uma mulher!

Foi o que disse no dia em que meu pai lhe anunciara a decisão de desposar uma segunda mulher. Minha mãe havia chorado antes de recolocar a sua máscara de pavor no rosto.

Minha avó dizia que minha mãe nascera com aquele ar aterrorizado. Foi portanto esse rosto que se tornou familiar para mim. Quando alguém a via pela primeira vez, acreditava tê-la assustado. Eu me perguntava o que conferia a seu semblante cheio de ternura essa perpétua expressão de pavor. Seria seu rosto ossudo? As comissuras de seus lábios voltadas para baixo? Suas olheiras? Sua boca prisioneira de duas rugas profundas que pareciam dois parênteses? Quando minha mãe ria, ria entre

---

* Rosário muçulmano.

parênteses, quando chorava, chorava entre parênteses. Na verdade, vivia entre parênteses.

E, um belo dia, os parênteses apagaram-se de seu rosto. A máscara de pavor caiu, e alguns meses depois meu pai desposou uma nova mulher. Ninguém fez perguntas. Aliás, se alguém fizesse, meu pai não se dignaria responder.

Meu pai jamais se preocupara em saber por que minha mãe tinha aquele ar aterrorizado. É o caso de se acreditar que para ele tanto fazia, senão como poderia fazer amor com uma mulher tão assustada? Aliás, meu pai não fazia amor com a minha mãe, deitava-se com ela. Montava nela na escuridão, fechava os olhos... pronto!

Como explicar por que, no instante em que a máscara de pavor se apagou do rosto de minha mãe, meu pai começou a procurar uma nova esposa? Talvez fosse precisamente esse pavor que o excitasse e, no dia em que minha mãe não ficou assustada ao fazer amor, naquele dia, meu pai foi incapaz de gozar. Tomou uma nova mulher, uma mulher mais jovem, a quem o sexo ainda amedrontava.

E aquele dia em que para minha mãe o sexo não foi sinônimo de pavor também deve ter sido o primeiro em que teve prazer, o primeiro e também o último!

A máscara de pavor voltou depressa ao lugar habitual em seu rosto, desta feita não devido ao medo que o sexo suscitava, mas por causa de sua solidão.

Naquela noite, mais só do que nunca, foi postar seu rosto de pavor atrás da porta. É por mim que esperava.
Suas mãos cansadas, erguidas para Deus na noite escura, recitam a prece da salvação.

Tenho de ir embora.

— Aonde vai?

Ao som da voz, meu corpo se quebranta nos últimos degraus do terraço. Não posso de jeito nenhum cruzar com seu olhar! Sem abandonar com os olhos a porta da rua, respondo em plena confusão:

— Tenho de voltar para casa.

De novo, sob o olhar daquela mulher, sinto-me como uma criancinha desamparada.

— Você quer ir embora, vá! Mas dê um jeito para que os soldados não saibam que o abriguei.

Abandono minha mãe atrás da porta de nossa casa. Deixo seus lábios cercados de pavor balbuciar a prece da salvação tantas vezes quanto há estrelas no firmamento.

Como uma criança que acaba de fazer uma travessura, o olhar varrendo o chão, volto para o terraço. Não quero ver os dedos da mulher, vê-los recolher a mecha de cabelos do seu rosto e enrolá-la atrás da orelha.

Fico imobilizado à porta.

— Irmã...

— Mahnaz. Chame-me de Mahnaz. Não gosto de verdade que me chamem de "irmã". E você, como se chama?

— Farhad... Queria dizer-lhe que não quero pôr a vida de vocês em perigo...

— Se sair agora, vai colocá-las mais em perigo do que ficando. Amanhã encontraremos uma saída.

Embrenho-me no corredor. Tiro os sapatos e entro de novo no quarto onde estava.

A noite continua consumindo-se na mecha da vela.

"Se o meu não se levanta,
Se o seu não se levanta,
Se o dele não se levanta,
Quem vai foder a mãe dessa nação?"

Foi deturpando o *slogan* dos comunistas que Enayat condenou a si mesmo ao exílio. Enayat rabiscou seu poema num pedaço de papel, fez uma bolinha com ele e lançou em minha direção. A bolinha aterrissou nos pés de um estudante filiado ao partido que, sem cerimônia, desamassou o papel e reconheceu de imediato a letra de Enayat.

Enayat fugiu da universidade sem esperar o fim da aula.

Naquela mesma noite, fui até a sua casa. Meu amigo Enayat tinha decidido abandonar o Afeganistão.

Celebramos a despedida por duas noites inteiras; foi uma despedida poética. Passamos as duas noites bebendo. Não dormimos um único instante.

Enayat quis ver o sol se erguer sobre Cabul pela última vez. Na hora em que a noite expira sob as botas das sentinelas, e em que os sonhos se quebrantam ao chamado do almuadem, Enayat e eu fomos nos perder em meio aos vinhedos, na colina de Bagh-e-Bala, esperando o sol aparecer. Tínhamos sede e Enayat bebeu o orvalho das folhas de vinha. Enayat não era poeta, mas sua vida era um poema.

Depois que o sol se ergueu, voltamos para a casa dele e bebemos mais. Em seguida, como não tínhamos mais nada para beber, fomos à loja do *Mo'alem* encontrar as filhas de Baco.

A noite continua se consumindo na mecha da vela. Dirijo maquinalmente a mão até a mecha. Se me queimar, é porque estou acordado.

Ainda não consigo acreditar que tudo isso está acontecendo de verdade. Ou será que me recuso a acreditar? Gostaria que fosse um pesadelo e não realidade.

Meu dedo sente a queimadura.

Se apenas Mahnaz, com toda a sua bondade e generosidade, pudesse ser um sonho! Gostaria de abrir os olhos e me encontrar em meu quarto, ver a aurora sobre os lábios sem parênteses de minha mãe que, sentada à minha cabeceira, recita a prece da salvação e me abençoa no sopro morno da manhã... Gostaria que ela me abraçasse.

Ela aperta-nos em seus braços, a Farid e a mim. Voltamos a ser crianças. Farid se põe a gritar:

— Pai, pai!

A quem está chamando de "pai"? A mim?

— Não, Farid, sou eu, seu irmão.

Farid não ouve. Continua a gritar. Minha mãe abre o corpete e tira os dois seios que coloca entre nossos lábios. Não diz nada. Farid suga o seio de minha mãe, mas logo o solta. Sua boca está cheia de sangue. Olho para o seio de minha mãe. Em vez de leite, escorre sangue. No entanto, continuo a mamar no outro seio. Não cheira a sangue, cheira a leite. Mas leite coalhado. Solto o seio. O leite sobe à garganta, enche minha boca. Farid dá um grito:

— Mamãe, o pai vomitou de novo!

O sabor acre do vômito me queima a boca e as narinas. Diante de mim, vejo Yahya que se põe a correr em direção ao corredor chamando a mãe:

— Mamãe, o pai está vomitando!

Mahnaz aparece no vão da porta com uma toalha na mão. Aproxima-se e ajoelha-se a meu lado. Pousa a toalha úmida sobre minha testa. Num último esforço — que ultrapassa minhas forças —, endireito-me. A camisa, que deve pertencer ao irmão mudo de Mahnaz ou a seu marido assassinado, está coberta de vômito.

Mahnaz passa a toalha em minha boca e em meu pescoço. Não consigo olhar para ela. Tenho a impressão de que seu peito está desnudo. Fixo suas mãos que descem ao longo de meu rosto até meu pescoço com uma incrível suavidade.

— Está se sentindo um pouco melhor?

— Estou...

Os dois são tão gentis comigo! O que podem querer comigo?

Yahya estende-me um copo de água e senta-se à minha frente.

— Está melhor, pai?

— Yahya, deixe o senhor Farhad em paz! Vá para o outro quarto.

Mahnaz limpa a mancha de vômito do tapete. Preciso ajudá-la. Mas não consigo. A criança levanta-se e sai do quarto. Quero dizer alguma coisa, mas minha língua está entorpecida. Meus olhos continuam presos às mãos de Mahnaz. Ouço meu coração bater, é o esgotamento, as palavras reprimidas... Mahnaz endireita-se.

— Acabou o toque de recolher. Vou comprar remédios.

— Não vá se incomodar com isso... por favor.

Mahnaz deixa o quarto.

À janela, o dia aguarda pacientemente que se abram as cortinas para se insinuar no quarto.

Não vou abri-las.

Pela fenda das cortinas, o dia corre sobre o parapeito da janela, cai sobre o colchão em que estou sentado e parte para adiante desposar as linhas negras na superfície vermelha do tapete. Mahnaz saiu; foi comprar pão para o café da manhã e remédios para mim. Yahya veio sentar-se no canto do outro colchão perto da porta. Permanecemos em silêncio. O olhar inocente da criança me sorri. Em seu rosto, não vejo qualquer semelhança com a minha pessoa, ou melhor, com esse pai com o qual devo manifestamente parecer. E, no entanto, como a criança não se parece com a mãe, deve ter traços do pai. Mas então como pode me confundir com ele?

Meu olhar percorre em vão as paredes brancas e nuas do quarto em busca de uma fotografia do pai da criança. No parapeito da janela, perto do lugar onde jaz o cadáver da vela, noto dois grandes volumes com lombadas de couro enfeitadas de dourado. Aproximo-me.

Trata-se dos *Sete retratos* e de *Khosrow e Shirin*.[18] Torno a colocá-los no lugar.

Por que Yahya me chama de "pai"? Mahnaz claramente não quis responder. Quem sabe se a criança chegou a conhecer o pai?

Faço um sinal para que a criança se aproxime. Ele acorre e senta-se à minha frente, em pleno raio de sol que vara a abertura das cortinas e cai sobre o tapete. Encara-me. Não há qualquer pergunta em seu olhar. Contudo, uma criança como Yahya deve forçosamente ter a cabeça cheia de perguntas, principalmente para aquele que chama de "pai": um pai desaparecido, ausente há muito tempo, que reaparece em plena noite, coberto de contusões e ferimentos! Ontem à noite, só disse uma coisa: "Pai, onde você estava", e foi embora sem esperar a resposta. Era uma pergunta sem ponto de interrogação. Além disso, não perguntou mais nada. Como se minha presença — ou a do pai — contasse mais do que qualquer pergunta. Mas irei embora de

---
18. Epopéias romanescas do célebre poeta persa Nezami (1141-1209). *Khosrow e Shirin* conta os amores do rei sassânida Khosrow Parviz e da bela e orgulhosa rainha Shirin. Obra-prima da literatura persa, *Os sete retratos*, ou *Haft Paykar*, é uma narrativa lírica e mística, na qual o rei Bahram é iniciado na sabedoria por sete narrativas contadas durante uma semana por cada uma de suas sete esposas.

uma hora para outra... Ele tem de saber que não sou seu pai, que vou embora, que...

— Meu pequeno Yahya, eu...

A criança liberta o olho direito do raio de sol. Continua com um sorrisinho no canto da boca. Não tenho a impressão de que esteja aguardando a continuação da minha frase. Ao contrário, seu olhar me diz em silêncio coisas completamente diferentes: "Por favor, deixe-me com minhas ilusões! Sei que você não é meu pai, mas você pode continuar fingindo que é mais um pouco. Você vê, você gostaria que tudo fosse apenas um sonho, mas eu, eu quero continuar acreditando que meu pai voltou. Não acabe com meu sonho!"

— Pai, eu sei de onde você está voltando!

O que ele me revela afugenta as palavras silenciosas de seu olhar.

— Ah é, de onde?

Ele se contorce para se aproximar de mim.

— Você está voltando da cidade de Pol-e-Charkhi.

— O que é essa cidade?

Seu dedo brinca com o raio de sol e as flores do colchão.

— É uma cidade muito grande, uma cidade construída sobre uma ponte imensa que gira dia e noite.

— Você se lembra de quando eu fui embora?

— Não, porque eu estava dormindo. Mamãe disse que não tinha mais óleo para a lamparina e que você foi comprar. Você se perdeu lá longe, e ninguém o conhecia.

Além disso, tinha se esquecido da carteira de identidade em casa. Então, ficou prisioneiro da cidade. A ponte não parava nunca, girava e girava, e, quanto perguntei ao tio Anuar quando você poderia sair de Pol-e-Charkhi, ele respondeu: "No sonho!"

O menino parou de brincar com o sol e com as flores do colchão.
— Mamãe chorava muito. Ela achava que você não voltaria mais. Mas você aparecia nos meus sonhos, como disse tio Anuar. O problema é que toda vez você ia embora de novo, um pouquinho antes da gente acordar. Então jurei a mamãe que numa noite em que você aparecesse nos meus sonhos, eu ia pegá-lo e impedi-lo de ir embora de novo.

O menino me tirou de seu sonho. Sou uma criatura de sonho. Um pai imaginário, um marido imaginário... Para que lutar a fim de tornar à vida?

Abandono Yahya a seus devaneios silenciosos, a sua cidade construída sobre uma ponte imensa que gira dia e noite; volto a fechar os olhos com a esperança de me esgueirar nos sonhos de alguma outra pessoa, nos sonhos atormentados de minha mãe.

Minha mãe não dormiu a noite inteira. Até se esqueceu da prece da aurora. Agora que o toque de recolher acabou, sai e permanece por um momento na rua. Nada, ninguém, nem mesmo a sombra de seu filho. Volta para casa. Onde ir? Onde me procurar? Com certeza irá à casa dos pais de Enayat, onde não vai me achar. E depois? A qual célula do bairro deve se dirigir? Diretamente ao QG de Sedarat?[19]

— Ei, tia, vá para a fila como todo mundo!

Ela passa diante de centenas de mães para chegar ao fim da fila.

Por minha causa, vai ser o mais amável possível ao se dirigir ao soldado. Vai chamá-lo de "irmão".

---

19. Verdadeira praça-forte no centro de Cabul, que compreende a residência do primeiro-ministro, a sede do governo e uma prisão. Sob o regime comunista, os prisioneiros eram interrogados ali antes de serem transferidos para Pol-e-Charkhi, quando não desapareciam lá mesmo.

— Por favor, irmão, meu filho Farhad, filho de Mirdād, não voltou para casa hoje...

— Não está aqui. Fugiu como todos os outros.

— Fugiu — repetirá ela muitas vezes entre os parênteses de seu rosto. — Para onde foi? Para onde fugiu? Por que não me disse nada?

Como posso ter ido embora sem minha mãe, sem Farid e Parvana?

Minha mãe não conseguiu esquecer como amaldiçoei a terra inteira e a covardia de meu pai quando ele foi embora deixando-a sozinha com três filhos.

— Não, ele não fugiu! Mas então para onde foi? Será que o enviaram para o exército ou o prenderam?

Suas mãos ossudas vêm amordaçar sua boca cheia de pavor para abafar seu grito. Ela vai sentar-se em um canto sob os olhares carregados de compaixão das outras mães.

Tenho de ir embora. Levanto-me. Yahya não desvia seus olhos de mim. Dou alguns passos na direção do corredor.

— Pai, mamãe vai voltar logo.

Exatamente. Preciso ir embora antes que Mahnaz volte. Não quero que o peso de seu olhar acabe com a minha determinação. Onde estão os meus sapatos? Não os encontro no corredor. Será que os esconderam? Volto para o quarto. Yahya não se mexeu e continua a sorrir do meu vaivém febril.

— Onde estão meus sapatos?

A criança levanta-se em silêncio. Lentamente, com um olhar que me implora para ficar, passa diante de mim e, do corredor, vai ao terraço. Volta com meus sapatos.

— Mamãe lavou seus sapatos.

Coloca os sapatos a meus pés, volta a sentar-se no colchão junto à porta e fixa meus pés descalços que hesitam em deslizar para dentro dos sapatos. Eles estão úmidos. E daí? Minha mãe está me esperando.

Quero até evitar despedir-me de Yahya. O olhar dele também é paralisante. Corro em direção à porta da rua. Ela abre-se. É Mahnaz.

— Para onde está indo?

Ela torna a fechar a porta precipitadamente. Um cheiro de pão invade o pátio.

— Preciso ir embora.

— Vá!

Ela entreabre a porta, só o suficiente para que vejamos dois soldados que esmagam sob as suas botas pesadas qualquer vontade de sair. Mahnaz fecha a porta. Voltamos ao corredor.

— Eu, que acreditava ter socorrido um jovem qualquer, um desertor. Sinceramente, quem é você?

— Juro, Mahnaz, não sou absolutamente nada.

— Mas então por que eles o estão procurando desde ontem à noite?

— É o que me pergunto. Passei a noite refletindo sobre o que fiz nos últimos dias. Não encontrei nada. Não faço parte de qualquer rede, não milito nem para a resistência, nem para a revolução... Passei o tempo todo com um amigo que estava se preparando para fugir de Cabul. Depois que o deixei, estava indo para casa, mas, como já era tarde, fui detido pela patrulha. Com eles, também não aconteceu nada de especial... A única coisa é que chamei um oficialzinho miserável de "meu comandante", e ele pode ter achado que eu estava zombando...

Caminho ao lado de Mahnaz. Quero contemplá-la às escondidas.

Sua dúvida ou confiança dissimulam-se sob a mecha de seus cabelos. Calo-me.

Chegamos ao corredor. Mahnaz e Yahya vão à cozinha. Volto ao quarto onde estava. Tiro meus sapatos úmidos e vou sentar-me no colchão sob a janela.

De que tenho medo? Por que me submeto a essa mulher? Seu olhar teria mais peso que a angústia de minha mãe? Não! Então, o que estou esperando para ir embora? Vou embora.

Levanto-me do colchão. Meu coração começa a bater.

Não tenho por que me culpar. Irei ao comitê político do bairro contar-lhes o que aconteceu ontem à noite. Vou explicar-lhes que houve um engano, que jamais tive a intenção de zombar do oficial; só tinha bebido um pouco, estava um pouco exaltado. Se ofendi alguém, peço perdão e vou para casa.

No corredor, torno a pôr meus sapatos úmidos. Meu coração bate cada vez mais forte.

Ela chega da cozinha com uma bandeja, e o cheiro do café-da-manhã inunda o corredor.
— Por que não fica no quarto?
Sob o peso de seu olhar, minha determinação bate em retirada para o fundo dos meus sapatos úmidos. Sou fulminado. Por que não consigo dizer-lhe que quero ir embora? Por que ela não se dá conta de que, se me encontrarem aqui, estou definitivamente perdido! E ela? Acredita ela talvez que não irão lhe pedir satisfações de

minha presença em sua casa? Vejamos, você é viúva, seu marido era prisioneiro político, você e eu não temos o menor laço de parentesco. Que tipo de relação é possível ter com uma viúva que você absolutamente não conhece? E sua família? Se ela souber de alguma coisa, como irá justificar a presença ilícita[20] de um jovem sob seu teto?

Mahnaz afasta-se, devolvendo-me à tormenta de minhas perguntas abortadas. Após deixar a bandeja ao pé do colchão junto à janela, ela torna ao corredor e desaparece no quarto do irmão. E eu volto ao meu lugar no colchão do quarto. Na bandeja, ao lado da xícara, Mahnaz colocou alguns comprimidos contra enjôo.

Sim, estou enjoado.
Não é a embriaguez nem o mal-estar: é o terror que me provoca náuseas.

---

20. *Nã Moharram*: na tradição islâmica, uma mulher não deve mostrar seu rosto aos que lhe são "proibidos", isto é, a todos os homens com os quais o casamento é possível segundo a lei islâmica.

Fui à biblioteca da universidade para pedir os *Ensaios de Shams*.[21] O bibliotecário me disse que alguém os estava lendo naquele momento. Peguei um outro livro e, após uma pesquisa bastante breve, sentei-me a uma mesa na ponta da qual havia um jovem de óculos escuros lendo. Escondera sua cabeça nas páginas do livro como que para engolir suas palavras. Seu livro era o que eu estava procurando. Aproximei-me dele, revelando minha presença por uma tossezinha mal audível a mim mesmo, e disse num murmúrio:

— Desculpe-me, será que você poderia me avisar quando terminar sua leitura?

Seu olhar vivo, enterrado nas palavras, ergueu-se do livro para se fixar em mim. Assentiu com a cabeça e desapareceu de novo na massa imponente da obra.

---

21. *Maqālāt* de Shams: cf. nota à p. 64.

Ao final de um momento, endireitou-se, inscreveu algo a lápis na margem do livro e me fez um sinal de que havia terminado. Fomos juntos até o bibliotecário. Assinalei-lhe que estava tomando o livro emprestado e voltei a me sentar na mesma mesa. A primeira coisa que fiz foi procurar a página em que o rapaz fizera a anotação.

Em certa página, ele sublinhara uma passagem de Shams: "Nós, que somos inaptos para a palavra, que possamos pelo menos ser capazes de ouvir! Dizer tudo é tão essencial quanto tudo ouvir. Mas nos ouvidos, vejo lacres; nos corações, nas bocas, vejo lacres", e, na margem, acrescentara a lápis: "= o Terror".

Naquele dia, na lanchonete da universidade, tornei a encontrar o leitor dos *Ensaios* de Shams. Tomamos chá e conversamos. Ele chama-se Enayat.

Como denominar esses momentos senão como Terror? É o Terror que nos faz duvidar de nossa própria existência, é o Terror que faz com que nos refugiemos em mundos imaginários, com que acreditemos nos djins, na mulher etérea, na vida após a morte... Há muito tempo eu tinha lavado de meu espírito todas essas quimeras. Os djins nada mais eram do que crianças representando um papel no teatro imaginário de meu avô, a vida após a morte, uma crença imaginada pelo homem para conjurar seu medo do nada.

Mas as coronhadas de Kalachnikov fizeram sair dos alçapões os djins adormecidos de meu avô, e aqui ei-los de volta ao cenário de minha existência. Aliás, prefiro acreditar nesse teatro do que na realidade do Terror.

Sim, acredito na viagem celeste da alma, na existência dos djins, em minha própria morte, mas não quero acreditar no que está me acontecendo.

— Farhad, você tem telefone?

Engulo o pedaço de pão e, sem erguer os olhos para a silhueta de Mahnaz emoldurada pelo vão da porta, respondo:

— Não, mas...

— Nesse caso, dê-me seu endereço!

Levanto-me e vou até ela.

— Por favor, Mahnaz, realmente eu não queria...

— Peço-lhe que me indique onde fica a sua casa.

A despeito de mim, indico-lhe o caminho de minha casa.

— Não demoro.

Ela desaparece. Eu fico plantado ali. Mahnaz pára diante da porta do corredor e chama Yahya. A criança sai correndo do quarto da mãe:

— Yahya, não abra a porta para ninguém, de jeito nenhum!

Deixa o corredor, dá alguns passos pelo terraço e volta para a casa. Também me aproximo da entrada.

— Tem algum recado para a sua mãe?

— Não... mas...

Sinto-me incapaz de prosseguir. Gostaria de insistir, de dizer-lhe que sou eu quem deve ir, que...

— Você tem de ir embora antes do meio-dia. Mas até eu voltar, peço-lhe que não saia de casa. Não gostaria que o vissem aqui.

Ela torna a preparar-se para sair. Fico plantado atrás da janela do corredor. Mahnaz transpõe a porta e sai para a rua. Yahya espera-me à entrada do quarto.

Talvez eu tenha de fato caído numa cidade que gira sem trégua sobre uma ponte imensa.

Mahnaz deve ter chegado à nossa rua. Já parou na padaria para perguntar:

— Será que o senhor poderia me dizer qual é a casa de Farhad, o filho do professor Homeyra?

Safdar, conhecido como longo-braço, tira a cabeça do forno de pão. Enxugando a testa coberta de suor, diz:

— A primeira à esquerda, é a segunda casa, a porta que não está pintada.

À evocação de meu nome, o irmão de Safdar pára de sovar o pão, como toda vez que me vê, e sua voz melodiosa ressoa no fundo da padaria:

— *Não ouço a picareta de Farhad no monte Bissutun esta tarde! Foi nos sonhos de Shirin que Farhad partiu esta tarde.*[22]

---

22. Como prova de seu amor por Shirin, o escultor Farhad deve abrir um caminho através do indomável monte Bissutun. Farhad trabalha dia e noite e sai vitorioso dessa prova. O rei Khosrow, porém,

Mahnaz está diante da porta de nossa casa. Sem hesitar, aperta o botão da campainha. Mas não a ouve tocar. Esqueceu que não há mais eletricidade em Cabul há algum tempo. Depois de um tempinho, puxa a corrente e ouve a voz de Parvana — ou a de Farid — atrás da porta:

— Quem é?

O que Mahnaz deve dizer?

— Venho da parte de Farhad.

Um silêncio acompanhado de hesitação, depois Parvana — ou Farid — entreabre a porta. Encaram Mahnaz com um ar desconcertado.

A voz cansada e desanimada de minha mãe ressoa no pátio:

— Quem é?

Parvana torna a fechar a porta — ou Farid. Não. Por que a fechariam? Continuam a olhar Mahnaz com um ar desconcertado e respondem à minha mãe:

— É alguém da parte de Farhad.

Minha mãe acorre à porta. Se por acaso tropeçar no rego, será a primeira vez que ela não me amaldiçoará por não tê-lo tapado! Seu rosto transtornado de pavor aparece no vão da porta entreaberta. Ela não abre imediatamente.

---

apaixonado por Shirin, inquieto e com ciúmes, dá a ordem de anunciar a morte de Shirin em todo o reino. Ao ouvir a notícia, Farhad joga-se do cume do Bissutun. Ver nota à p. 98.

Começa por examinar Mahnaz da cabeça aos pés. Não exclama logo: "Que desgraça lhe aconteceu?"

— Meu nome é Mahnaz, e venho da parte de Farhad. Quem é essa Mahnaz? Por que jamais lhe falei dessa moça? Ela avalia o tamanho de Mahnaz. Mahnaz não é baixinha. Portanto, a princípio, não é mentirosa. Seu olhar tampouco foge. Ao contrário, é direto e resoluto. Minha mãe abre a porta por inteiro e convida Mahnaz a entrar no pátio. Antes de tornar a fechar a porta, seu olhar ansioso varre a rua de uma ponta a outra. Fecha a porta, mergulha seus olhos com olheiras de insônia nos de Mahnaz. Mahnaz lê a apreensão em seu olhar apavorado. Ela acalma minha mãe dizendo-lhe que estou são e salvo e que estou me escondendo em sua casa. Por que na casa desta mulher? Que tipo de relação há entre nós? Mahnaz recolhe a mecha de cabelos de seu rosto, enrola-a atrás da orelha e começa a contar os acontecimentos da véspera.

As mãos ossudas de minha mãe pousam nos dois parênteses de seu rosto. O que ela deve fazer? Como tirar-me dali? Em que porta bater? Deveria ir sem mais demora à casa de seu primo, que agora se tornou um oficial influente?

Não, nem pensar! Como poderia ela apelar para a ajuda de um homem que foi seu primeiro amor ao passo que desposou um outro! Seu primo jamais esquecerá o ciúme de meu pai com relação a ele. Toda vez que meu pai o via em seu uniforme rutilante, o sangue subia-lhe à cabeça e, em sua raiva, era "que se fodam a mãe e a irmã de Taraki e de Hafizullah Amin", o que evidentemente provocava uma discussão política ao termo da qual o apaixonado por minha mãe se zangava e ia embora. Meu pai rejubilava-se do alto de sua vitória. Quando meu pai tomou outra mulher e fugiu com ela para o Paquistão, o primo de minha mãe veio à nossa casa com as mãos, a boca e o olhar concupiscentes. Minha mãe cuspiu-lhe no rosto e expulsou-o.

O que minha mãe vai fazer?

Ela acompanha Mahnaz a nossa *mehmānkhana*[23] e deixa-a sozinha por um instante, o tempo de ir se trocar para sair.
Virá com Mahnaz para me tirar daqui.

— Pai, olhe, estou desenhando isso para você.
A mãozinha de Yahya passeia um lápis sobre um papel preto.
— O que você está desenhando?
— Uma borboleta da noite.
— Onde ela está?
— Não dá para ver, porque é noite.

---

23. Literalmente, a sala dos convivas. Além de um cômodo comum modesto onde em geral se fazem as refeições, a casa afegã comporta uma sala mais formal consagrada às festas e às cerimônias.

Alguém bate à porta. Com certeza é Mahnaz com minha mãe. Mahnaz? Não. Por que bateria à porta?

Yahya ergue a cabeça das profundezas de sua noite repleta de borboletas. As batidas repetem-se. Quem pode ser? A patrulha? Os gemidos do tio de Yahya enchem o corredor. Yahya abandona sua borboleta invisível na profundeza da noite e corre em direção ao corredor. Acompanho o menino. Mais batidas. O tio de Yahya está plantado bem no meio do quarto, os braços arqueados em torno de seu corpo esquelético. Seus gemidos tornam-se mais intensos. Vai ser necessário descer à fossa? Pego a mão do tio. Ela está tremendo. Eu também estou tremendo. As batidas continuam ressoando no pátio. Chegamos ao fim do corredor. O tio continua gemendo.

— Não tenha medo, tio Moheb, não é nada!

Tio Moheb não se acalma. Yahya pega sua outra mão e diz:

— Tio Moheb, papai está conosco, não tenha medo!

Moheb geme de novo e mais alto. Solto sua mão. Continuam batendo à porta.

— Tio Moheb, é mamãe, ela esqueceu as chaves. Vou abrir para ela.

Moheb fica mudo, seu olhar vítreo sempre perdido no vazio. Yahya o reconduz até o quarto e o instala sobre o colchão. Deixamo-lo sozinho e voltamos para o corredor.

Pararam de bater. A pessoa, quem quer que fosse, foi embora.

— Devia ser a vovó...

O menino está a ponto de precipitar-se para a porta.

— Não, Yahya, sua mãe recomendou que não abríssemos para ninguém!

— Nem mesmo para a vovó?

— Talvez não fosse ela.

Desconcertado, Yahya volta para junto do tio. Eu volto a meu lugar no quarto.

A borboleta continua invisível no papel cor da noite. Encontro um pedaço de giz branco no estojo de Yahya, e desenho uma borboleta.

Por que era preciso ver a borboleta a qualquer preço? Recupero a borboleta da tela noturna.

Parada Universidade. Desci do ônibus e, na entrada principal, encontrei Enayat me esperando. Convidou-me para beber. Fomos ao túmulo de Said Djamaluddin.[24] Havia namorados escondendo-se atrás das folhagens. Sentados ao pé do túmulo de mármore, bebemos vinho e trocamos confidências.

Um minuto depois, a irmã de Enayat apareceu em prantos para lhe anunciar o suicídio do irmão deles na prisão. Enayat despedaçou a garrafa de vinho no túmulo de Said Djamaluddin e voltou para casa. Imediatamente tornei a pegar o caminho da faculdade.

---

24. Nascido no Afeganistão em 1837, Said Djamaluddin foi um dos pioneiros dos movimentos anticolonialistas e antidespóticos e lutou por um renascimento do Oriente. Via na união dos países muçulmanos a única saída para escapar ao domínio do colonizador britânico.

Dois dias antes do aniversário da Revolução, deram a todos os habitantes de Cabul a ordem de pintar de vermelho as portas de suas casas ou de hastear junto a elas uma bandeira vermelha. O irmão de Enayat e sua turma foram ao matadouro de Nakhas tingir estandartes brancos de sangue de carneiro e venderam-nos a toda a vizinhança. No dia da festa, o vermelho escarlate havia virado preto, e todos foram detidos.

Entro discretamente no anfiteatro. Sobre o grande quadro-negro penduraram uma longa bandeirola vermelha na qual está inscrito em branco o célebre *slogan*:
"Se eu não me levanto,
Se você não se levanta,
Se ele não se levanta,
Quem brandirá uma tocha de esperança nas trevas?"

Se o irmão de Enayat não tivesse se suicidado, provavelmente teria a mesma aparência do tio de Yahya: um homem sem juventude, uma alma ausente, um corpo desertado entre dois parênteses. Não quero viver o que eles viveram! Não! Não quero que minha mãe aperte seu seio contra meus lábios ressecados para que eu sugue seu sangue. Não quero que todas as sextas-feiras minha mãe vá derramar lágrimas, como a mãe de Enayat, sobre um túmulo sem despojos... Quero viver!

— Mamãe voltou!

Yahya precipita-se para o corredor. A porta que se abre espalha pelo pátio o cheiro de Mahnaz e de minha mãe. Também corro pelo corredor. Uma velha entra no pátio atrás de Mahnaz. Não é minha mãe. Mahnaz não torna a fechar a porta; não se afasta dela, como se quisesse se livrar o mais rápido possível da velha.

— É vovó!

Yahya está a ponto de ir até elas no pátio. Seguro o menino.

— Yahya, sua avó não pode me ver!

Seus olhos cheios de "por que" fixam-me com insistência. Meu silêncio acaba por fazer sua pergunta e sua cabecinha cederem.

— Uma dia, vovó me disse que você tinha morrido em Pol-e-Charkhi... se ela vir que você está vivo, não dirá mais isso.

— Não, Yahya, eu não sou...

Não, não posso dizer-lhe.

— Quando eu lhe disse que você vinha me ver enquanto eu dormia e que um dia eu te pegaria de uma vez por todas, zombou de mim, até ralhou comigo... Se ela visse você...

— Eu mesmo vou falar com ela. Agora, vá para junto de seu tio.

O menino volta a contragosto para o quarto de Moheb. A velha quase chegou à altura do terraço. Na ponta dos pés, volto para o quarto. A voz da sogra chega no quarto onde estou pela janela.

— Você faça como quiser, mas vou levar Yahya comigo. Jamais abandonarei meu neto a uma doida!

Dou uma olhada no pátio pela fenda das cortinas. Mahnaz não se mexeu, continua de pé junto à porta aberta. Seu rosto se crispou, seu olhar se cobriu de sombras.

Não ouço suas palavras, mas adivinho-as sem dificuldade. Mahnaz as articula devagar, como se as debulhasse. A sogra senta-se nos degraus, e sua voz indignada ressoa de novo no pátio.

— ... Anuar vai fazê-la compreender que nossa família ainda não renunciou à honra!

Mahnaz diz algo, e seu indicador aponta a porta aberta. Sem voz, fulminada, a sogra empertiga seus velhos ossos, arruma seu xale branco e dirige-se para a porta.

Sua voz treme no jardim seco que foi o de seu filho.

— Você não recua diante de nada! Expulsar-me da casa de meu próprio filho! O remorso...

Sua silhueta curvada e suas palavras perdem-se na rua. Mahnaz fecha a porta sem hesitação e volta em direção à casa. Acorro no corredor. Yahya também.

O menino abre a porta do corredor para recebê-la. Como ele, tenho vontade de jogar-me em seus braços; seus braços exalam o odor de minha mãe. Meu coração palpita. Minhas mãos tremem. Minha língua articula:

— Olá!

Mahnaz tira os sapatos que pisaram no tapete de nossa *mehmānkhana*. Não tira a mecha de cabelos de seu rosto, e seu olhar órfão envolve com ternura a cabecinha da criança que está pulando.

Por que ela evita olhar-me?

— Estive em sua casa. Estão todos bem. Falei com sua mãe e contei-lhe tudo. Foi uma sorte você não ter ido para lá. Hoje de manhã, na hora da prece, vasculharam a casa. Estavam procurando panfletos. Acham que você distribuiu panfletos com seu amigo ontem à noite.

— É mentira. Não acredite...

— Eu sei.

— Como vai minha mãe?

— Estão todos bem. É claro que estão preocupados.

— Por que minha mãe não veio com você?

— Ela bem que queria, mas eu a dissuadi...

Por quê? perguntei para mim mesmo. Mahnaz manda Yahya para o quarto. Ela responde a meus pensamentos:

— Talvez sua casa esteja sendo vigiada. Era muito arriscado ela vir. Por enquanto, ela está procurando uma forma de tirá-lo de Cabul o mais depressa possível. Virá hoje à tarde. Dei-lhe o endereço.

Seu olhar, sempre velado pela mecha de cabelos, foge do meu.

Será que está escondendo alguma coisa?

Ela vai embora; foge do peso de meu olhar para livrar-se dele na solidão de seu quarto.

O corredor esvazia-se imediatamente do cheiro de minha mãe.

Não estar, não estar aqui.

Se eu não estivesse ali, Mahnaz teria chorado; teria deixado sua aflição explodir. Mas engoliu as lágrimas e a raiva. Com isso formou um nó no fundo da garganta e foi se isolar para livrar-se dele.

Como minha mãe, que só vi chorar uma única vez. A primeira e última vez. Foi na época em que meu pai casou com uma segunda mulher; naquele dia, minha mãe foi à casa de meu tio materno, muito próximo de meu pai. Meu tio começou a rir e deu razão a meu pai. Minha mãe berrou e soluçou. Então meu avô lhe deu um pequeno talismã, que disse ter sido preparado por Dāmollah Said Mostafá. A partir daquele dia, todas as vezes que sentisse a raiva tomar conta dela, deveria apertá-lo entre os dentes com toda a força. Selada dessa maneira entre os parênteses de seu rosto, a boca cheia de fel de minha mãe foi reduzida ao silêncio. O pavor esfumava-se de seu olhar, e ela retirava-se para a cozinha ou para o banheiro para ocupar-se de alguma tarefa doméstica. Às vezes acontecia-lhe até de voltar a lavar roupa ou louça já limpas. Em seguida, lavava com cuidado as mãos e depois o corpo e recitava uma oração curta.

Jamais compreendi o que queria eliminar de seu corpo e de sua existência: sua raiva ou seu ódio? seu orgulho ou sua humilhação?

Minha mãe dizia que toda a água do planeta jorrara de seus olhos!

— Pai, coma um pouco de uva!
Yahya veio ajoelhar-se em silêncio ao meu lado. Em suas mãos segura um cacho de uvas. Endireito-me no colchão e sento-me:
— Onde está sua mãe?
— Na cozinha.
Colho uma uva e levo-a à boca. Yahya continua segurando o cacho a meu alcance.

Será que Mahnaz revelou algo a meu respeito, e por isso sua sogra teve aquele acesso de fúria e falou de desonra?

Eu me levanto.

A honra, que palavra odiosa!

Vou ver Mahnaz. Por que, por minha causa, aceitou ser tão humilhada? Por que quer salvar-me custe o que custar?

Aliás, será que vai me salvar? Talvez tudo isso seja apenas uma armadilha. O que pode querer de mim? Manter-me aqui? Esconder um desconhecido em sua casa? Para quê? Para que lhe faça amor dia e noite às escondidas! Por sinal, essa mulher faz amor até com seu irmão. Aperta seu seio contra a boca dele...

Não. Não devo ficar mais tempo. Levanto-me e vou até o corredor. Yahya, o cacho de uvas na mão, acompanha minha confusão com os olhos.

Por que penso essas coisas a respeito de Mahnaz? Por que sou incapaz de admitir que uma mulher pode perfeitamente socorrer um desconhecido sem segundas intenções? Por não ter conseguido salvar seu marido, talvez Mahnaz tenha justamente a impressão de uma espécie de revanche. Talvez, salvando minha vida, é sua dignidade humana que ela reencontra.

Volto para o colchão.

Por conta de Mahnaz e seu mistério, deixei minha mãe entregue à sua angústia por uma noite entre as quatro paredes de nossa casa; condenei o olhar de Parvana a uma espera interminável atrás da janela de seu quarto; desalentei as mãos de Farid pousadas na maçaneta da porta.

Pego o cacho de uvas das mãos de Yahya.

O mistério de Mahnaz está encerrado naquela mecha de cabelos que ela recolhe sem cessar do rosto para enrolá-la atrás da orelha.
Abandono meu corpo às flores inertes do colchão.

Em nenhum momento senti-me tão próximo de outra mulher além de minha mãe e Parvana. Em nenhum momento senti tão de perto a vida de uma mulher. Nenhuma mulher jamais abriu caminho ao âmago de meus pensamentos, ao âmago de minha existência. No decorrer de uma noite, compartilhei com uma mulher mil instantes de uma vida, como se uma coisa essencial nos tivesse unido. Aquela mulher ofereceu-me seu teto. Minha vida está em suas mãos, ela pertence-lhe.

Yahya cata sementes de uva em minha mão.

— Querida Mahnaz, por que você quer me ajudar?

Com certeza ela vai dar de ombros. Não vai me responder. Seu olhar vai se encarregar de dizer:

— Que pergunta absurda! Se não está satisfeito, vá embora! Que Deus o proteja!

— Fiz essa pergunta para compreender melhor minha situação, para conhecê-la melhor...

— E o que mais?

— Em seu olhar, em suas palavras, existe o mesmo mistério que no rosto de minha mãe... um mistério que eu jamais...

Ela virá recolher com a ponta de seus dedos a mecha de cabelos no meio de seu rosto. Vai olhar-me e começar a rir; rir de mim! Deve pensar que estou lhe fazendo a corte... que sou incapaz de acreditar na lealdade de uma mulher, que...

— Desculpe-me por tê-lo deixado sozinho, Farhad!

Sua voz desperta de repente meu corpo abandonado. Apresso-me em sentar no colchão. Um instante depois, estou de pé. O cacho de uvas desnudo vai e vem entre as minhas mãos na cadência da agitação de meus pensamentos. Tenho a impressão de que Mahnaz está ali há um certo tempo, de pé na soleira e de que leu em minha mente nossa conversa silenciosa. Sinto o fogo da vergonha subir em minhas faces.

— Preciso tratar do almoço.

Adianto-me em sua direção; meus passos perdem-se sobre o tapete, as palavras dispersam-se em minha cabeça:

— Minha mãe... não se preocupe... logo... ela não vai demorar...

— De qualquer modo tenho de preparar algo para nós.

Seu olhar está preso ao vaivém do cacho de uvas em minhas mãos. Aproximo-me um pouco mais. Meu coração bate cada vez mais forte.

— Já provoquei tantos problemas... espero que... a avó de Yahya...

Ela sorri com amargura.

— Não se preocupe com isso.

Largando o cacho de uvas, seu olhar se afasta no corredor. Yahya não está nele.

— Como eu lhe disse ontem à noite, meu marido foi assassinado na prisão.

Digo para mim mesmo:

— Que sua alma repouse em paz!

— Agora a família do meu marido quer que eu vá viver com meu cunhado... mas insisto... proclamo que ainda não sou viúva. Ninguém viu os despojos de meu marido, porque na prisão os mortos são jogados anonimamente numa vala comum...

Um arrepio percorre as profundidades de meu ser. Será medo? Ódio? Raiva? Ou os pensamentos que tive sobre Mahnaz? Meu olhar mergulha a seus pés!

— Toda a família de meu marido quer fugir para o Paquistão... mas eu não quero ir...

Os pés delgados de Mahnaz afundaram nas linhas negras do tapete. Linhas sem começo nem fim; linhas que se enredam infinitamente, dando origem a formas octogonais que, por sua vez, dão lugar a quadrados e, dentro dos quadrados, a pequenos círculos...

Um estremecimento de suas pernas torna a chamar meu rosto, perdido nos motivos negros do tapete, para o seu, metade dele velado pela mecha de cabelos. Ela parece aguardar a resposta a uma pergunta que me escapou.

O assobio de uma panela desprega a silhueta pensativa de Mahnaz do vão da porta.

Fico sozinho com a pergunta que não ouvi.

Como pude não dizer nada? Como pude ficar calado diante de sua história, diante de seu pesar? Talvez ela estivesse confiando pela primeira vez a alguém o doloroso segredo de sua vida, e eu permaneci fulminado, perdido nos motivos vermelhos e negros do tapete.

Mahnaz não queria somente compartilhar sua aflição. Como toda mulher, como minha mãe, quer ser compreendida, quer que sintam sua dor. Ela não precisa de um segundo Moheb de ouvidos tapados, de língua e coração lacrados!

Volto para o colchão sob a janela. Sobrevoando o cadáver informe da vela, minha mão afasta um pouco mais as cortinas para trazer o dia sobre o tapete. O pátio, repleto de minha impaciência, espreita a chegada de minha mãe.

Deixo meu cansaço escorrer sobre as flores do colchão.

Sob a claridade do sol, as linhas negras do tapete parecem ainda mais negras, e o fundo vermelho, ainda mais vermelho. É a primeira vez que me dou conta de quanto ódio e raiva estão encerrados nesses tapetes! Motivos negros sobre uma superfície vermelha! Como se as mãos que fizeram esses tapetes tivessem enlaçado os fios vermelhos da raiva e os fios negros do ódio; mãos de mulher, mãos de crianças...
Estou enjoado de tapetes!
Desprendo meu olhar dos círculos negros dentro dos quadrados. Caio sobre as flores do colchão.

No teto do quarto, uma aranha teceu sua teia ao redor da lâmpada.

Escondo o rosto entre as mãos dela. Suas mãos estão frias, tremem, mas como fazem bem!

É minha mãe. Chegou há uma hora, incógnita, sob o *tchādari*[25] da lavadeira. Não quis mostrar sua angústia e seu medo.

De início, não reconheci minha mãe. Ressoaram batidas à porta. Por entre as cortinas entreabertas, vi uma mulher de *tchādari* seguida de um velho que carregava um grande tapete nas costas. Entraram no quarto com Mahnaz. O carregador depôs o tapete em um canto e

---

25 Em persa, o *tchādari* é a vestimenta que recobre integralmente o rosto, correspondendo à *burka* dos países árabes.

saiu. Mahnaz fechou a porta do quarto, deixando-nos a sós. Depois de tirar o *tchādari*, minha mãe pousou sobre meu corpo seu olhar cheio de lassidão. Seu rosto devorado pela angústia iluminou-se com um sorriso. Sua boca cercada de parênteses não se abriu; ela nada disse. E eu tremi. Tremi no mais fundo do meu ser. Tremi entre suas mãos. E eu nada disse.

Ficamos ali em silêncio. Meu rosto escondido em suas mãos. Ouço a respiração que arde em seu peito. Sou incapaz de erguer os olhos. Tenho a impressão de que ela tirou de seu corpete seu seio murcho e cheio de lágrimas e que ela quer apertá-lo contra meus lábios ressecados.

Sua mão ansiosa aflora a ferida em minha têmpora.
— Hoje às três um passador vem buscá-lo. Vai tirá-lo daqui escondido no tapete e levá-lo ao Paquistão...
E de novo ela se cala. Ergo meu rosto de suas mãos.
— Mas, mãe...
— Mas o quê?
Diante de seu olhar pleno de pavor, todos os meus pensamentos repousam em uma palavra:
— Nada.

Ela estende-me uma folha de papel dobrada em quatro. Abro-a. É o endereço de meu pai com um pouco de dinheiro.

— Mãe, aonde quer que eu vá?

— Aonde você pode ir?

Torno a dobrar na folha o orgulho insustentável de meu pai.

— E vocês? E Parvana? E Farid?

Seu olhar foge do meu. Pego suas mãos. Sua tosse seca disfarça os soluços molhados que se comprimem em sua garganta.

— A situação vai melhorar logo.

Sacudo sua mão para atrair seu olhar. Em vão. Seus olhos estão fixos no tapete. Talvez minha mãe se dê conta pela primeira vez, ela também, do ódio e da raiva das mãos que teceram esse tapete.

— Mãe, vamos embora juntos!

Um risinho amargo agita sua silhueta frágil. Seus olhos repetem as palavras de sua mãe:

— Melhor não ter fé do que não ter teto!

A porta se abre. É Mahnaz.

— Trouxe-lhes chá.

Mahnaz depõe a bandeja diante de minha mãe e serve duas xícaras de chá. No rosto de minha mãe, os dois parênteses se afastam:

— Nunca conseguirei expressar-lhe toda a minha gratidão... Desculpe-nos por termos causado tantos problemas.

Mahnaz estende a xícara de chá à minha mãe.

— Por favor, tomem um pouco de chá. É nesses momentos que devemos ajudar-nos uns aos outros.

Ela levanta-se e sai do quarto.

Minha mãe desvia o olhar da soleira deserta e vem ancorá-lo em meus olhos.

— Que mulher generosa! Depois que você for embora, vou mandar-lhe um belo presente.

Ela molha um pedaço de açúcar no chá.

— E o marido dela, onde está?

— Ele foi executado.

Minha mãe pousa o pedaço de açúcar molhado no pires. O açúcar derrete, como o coração de minha mãe.

Seu olhar cheio de pavor abandona o quarto e vai pousar em meus sapatos que jazem no corredor deserto.

— Que Deus tenha misericórdia dele!

Murmura algo. Suas mãos trementes levam a xícara de chá a seus lábios comovidos. Esvazia a xícara de um gole como se quisesse lavar os soluços de sua garganta. Em casa, ela já teria ido lavar as mãos, depois teria tornado a lavar a louça já limpa ou o véu de um branco imaculado de Parvana.

Yahya passa a cabeça pelo vão da porta e encara-nos, à minha mãe e a mim.

— Venha até aqui, Yahya!

A meu chamado, ele entra no quarto, mas a voz de sua mãe faz com que volte ao corredor e, dali, para o quarto de Moheb.

— Ela tem um filho?

— Tem.

O olhar torturado de minha mãe procura desesperadamente a ausente no corredor. Não lhe conto que Yahya me chama de pai.

— Mãe, como você encontrou o passador?

Ela responde, o olhar ainda perdido no corredor.

— Seu tio o conseguiu.

— Quanto ele está pedindo?

— Ele vai se contentar com o tapete. Era a única solução.

— Mãe...

Ela pousa a xícara vazia na bandeja — abarrotada de seus suspiros.

Seu olhar dispersa as palavras em minha mente. Ela recolhe sua saia azul esparramada sobre as flores do colchão e levanta-se.

— Tenho de ir embora, a lavadeira está esperando o *tchādari*.

— Não, mãe, não quero ir embora sem vocês.

— Vá antes. Vou vender a casa e irei encontrá-lo com Parvana e Farid.

Em seu olhar, que vai perder-se nas pregas do *tchādari*, leio a incerteza.

Ela pega o *tchādari* no canto do quarto.

— Eu tinha esquecido o que é pôr um *tchādari*.

Ela ri. Um riso amargo. Um riso que me arrepia. Ajusta o *tchādari* sobre a cabeça. Os dois parênteses em torno de sua boca começam a tremer.

— Mãe, quero ir com você.

O véu cai diante de seus olhos. Ela não ouve minhas palavras.

— Mãe, antes de ir embora, quero ver Farid e Parvana.

Ela tira suas mãos aflitas do *tchādari* e as pousa sobre meu coração. Minha voz derrete em minha garganta e sai pelos meus olhos. Escondo meus olhos entre as mãos de minha mãe. Sua voz úmida escorre pela redinha do *tchādari*.

— Que Deus o proteja...

Por que ela deu um passo para trás? Não vai me dar um beijo? Quero ver seus olhos e os dois parênteses que sufocam seus soluços. Dou um passo em sua direção. Um bom passo! Pouso a mão sobre a redinha do *tchādari* sem conseguir sentir o cansaço na pele de seu rosto. O tecido está molhado. Minha mãe está chorando. Chora em silêncio, sob o *tchādari*; chora entre parênteses. Minha mãe lava com suas lágrimas o *tchādari* da lavadeira.

Recua mais um passo. Sua silhueta cambaleante vira sob a capa do *tchādari*. Penetra no corredor e procura seus sapatos. Eu fico petrificado como um peão perdido no tabuleiro vermelho e negro do tapete. Mahnaz e Yahya saem do quarto de Moheb. Minhas pernas recusam-se a mexer. Privada de olhar, privada de sorriso, privada de rosto, minha mãe diz a Mahnaz:

— Que Deus a ajude... Que Deus a recompense...

Suas palavras perdem-se sob o véu; meus pés enredam-se nos fios de ódio e de raiva das mulheres e das crianças que teceram o tapete. Minha mãe desaparece da soleira.

Meus pés nos fios do tapete.

O barulho de uma porta que bate faz meu coração desandar.

— Mãe...

Minha voz quebranta-se em meu peito.

Os fios do tapete em meus pés.

— Mãe...

Torno-me um motivo do tapete.

— Pai!
— ...?!
— Pai!

Sob o peso da angústia e da dúvida, as trevas rebentam diante de meus olhos.

Descubro Yahya ao meu lado, e meu corpo jaz sobre o tapete.

Minha mãe foi embora. Levou seu último olhar sob o *tchādari*.

Yahya me estende um copo de água. Arranco-me dos motivos do tapete, endireito-me e sorrio diante do olhar afetuoso de Yahya. Arrasto meu corpo quebrantado de dores até o colchão sob a janela. Bebo a água das mãos de Yahya.

— Onde está sua mãe?
— Na cozinha.

Levanto-me. Um cheiro de cebolas me guia até a cozinha. De costas para a porta, Mahnaz está picando cebolas. Permaneço alguns instantes na soleira observando-a em silêncio. Por que estou aqui? Por que meu corpo treme?

Mahnaz percebe minha presença. Vira o rosto para mim e enxuga as lágrimas com o avesso da manga. Olha-me rindo. É a primeira vez que ri. Ri para que eu compreenda que está chorando por causa das cebolas, não de desgosto. Eu também rio. Devo parecer ridículo!
Mahnaz joga as cebolas picadas na panela. Como de hábito, esse cheiro de cebolas me dá fome. O cheiro das mãos de minha mãe se espalha pela cozinha. Como de hábito, sinto meu coração pular e tenho vontade de pegar um pedaço de pão para apanhar um bocado de cebolas fritas na panela. Tenho vontade de pousar minha mão no ombro de Mahnaz e recolher eu mesmo a mecha de cabelos de seu rosto.
— Você deve estar com fome?
— O cheiro de cebola sempre me dá fome!

Apóio-me no batente. Tenho a impressão de morar naquela casa há anos, de conhecer Mahnaz há anos. Tenho a impressão de que faz anos que Yahya me chama de "pai", anos que minha mãe foi embora, anos que quero ir embora e não vou. Anos que pergunto a Mahnaz:

— Por que você não vem embora comigo?

Mahnaz pára por um momento de mexer as cebolas na panela. Meu coração martela no peito. Ela vira-se em minha direção e ri. Um riso cheio de amargura!

— Querido Farhad! Minha vida não é tão simples assim!

E põe-se novamente a cozinhar. O cheiro de cebolas fritas torna a atmosfera da casa ainda mais familiar. Mahnaz prossegue:

— Se eu for para o Paquistão, serei obrigada a casar com meu cunhado.

Saio da porta e vou me encostar na parede da cozinha. Pergunto:

— E sua família, onde está?

Mahnaz joga água na panela e, dentro da nuvem de vapor que sobe, ela diz:

— Só restam Moheb e eu. Os outros foram todos para a Alemanha.

Mexe as cebolas na panela com uma escumadeira.

— Faz um tempo que não tenho mais nenhum contato com a minha família.

Prende a respiração.

— Quando nasci...

Cobre a panela.

— ... eu não gritava, não ria, não chorava...

Pega algumas asas de frango em um saquinho.

— ... todos achavam que eu era surda-muda e logo me noivaram com um primo por parte de mãe que era surdo-mudo. Mas, quando eu cresci, não era surda nem muda, e assim mesmo ninguém se importou...

Passa os pedaços de frango pela água.

— ... meu pai morreu muito jovem. Não me dava bem com minha mãe. Na puberdade, quando chegou a hora de me casar com meu primo, saí de casa e me casei com o pai de Yahya.

Levanta a tampa da panela e joga um pouco de água.

— Na noite em que toda a minha família fugiu para o Paquistão, minha mãe abandonou Moheb diante de minha porta...

Escorrego ao longo da parede e me acocoro no chão de cimento da cozinha. Mais uma vez a história de Mahnaz me deixa sem voz. Mais uma vez, tenho a sensação de que qualquer palavra seria demais, de que qualquer gesto seria insignificante.

Esqueço o cheiro das cebolas fritas. Por alguns instantes, só vejo os cabelos negros de Mahnaz, que está de costas para mim.

— O que posso fazer para ajudá-la?

Fiz a pergunta contra a minha vontade. Sua resposta cai, amarga:

— Nada!

Nesse nada esconde-se toda uma história que seria necessário conhecer e sobre a qual seria preciso meditar.

— E se fôssemos para o Irã? A família de seu marido não está lá.

Ela não reage de imediato. Põe as asas de frango na panela e, sem me olhar, diz:

— Meu caro Farhad, a família de meu marido é bem particular. Gente para quem honra e sangue são a mesma coisa. Não se preocupe conosco. Estou bem aqui, estou sossegada.

Torna a tampar a panela.

Num canto da cozinha, a vontade de amar faz meu coração bater.

Estamos todos no quarto de Moheb sentados no chão ao redor de uma toalha. Comemos em silêncio. Em nossas bocas, as asas de frango tomaram o lugar das palavras. Como se tudo tivesse sido dito; como se não houvesse mais perguntas a fazer, mais respostas a esperar. Todos aguardando as mãos do passador que vão bater à porta.

Batem. Yahya levanta-se, um osso de frango na mão. Corre para a porta. Seus pezinhos ressoam no pátio. Chega à porta. Abre-a e volta todo esbaforido:

— É um senhor que vem comprar um tapete.

Dou um pulo. Meu coração desanda, minhas pernas cambaleiam. Digo a Mahnaz:

— É o passador que veio me tirar daqui. Não quero ir embora!

Mahnaz levanta-se e, recolhendo a mecha de cabelos de seu rosto, diz numa voz monocórdia:

— Ponha seus sapatos.

Não desvio meu olhar do dela. É ela que evita o meu. Quero colocar minha vida em suas mãos. Mahnaz sai do quarto. Moheb põe-se a gemer de repente. Eu choro, soluço no fundo de meu peito.

Mahnaz leva o passador para o outro quarto, aquele onde eu estava. Yahya agarra minha mão ainda engordurada e pegajosa, e pergunta:

— Pai, você vai voltar logo?

Sem lavar as mãos, entro no quarto. O passador desenrolou no chão o tapete de nossa casa. As vozes dos convivas, o odor de seus passos escapam do tapete. Tenho a impressão de que a cor do tapete filpāy[26] tornou-se mais vermelha, de que seus desenhos negros estão maiores e mais escuros.

— Venha, irmão, vamos fazer um teste!

Mahnaz está de pé na entrada do quarto. Yahya apoiou sua cabecinha nas flores verdes da saia da mãe. A contragosto deixo-me cair no centro do tapete sob o

---

26. Esses tapetes afegãos são chamados "filpāy", que significa patas de elefante, porque os grandes motivos octogonais que os caracterizam assemelham-se a pegadas de elefante.

olhar insondável de Mahnaz. O passador me enrola no tapete, grita *"Yā Ali!"* içando tudo sobre seus ombros largos e fortes e começa a andar. Ao ruído de seus passos, dou-me conta de que ele chegou ao pátio. Aonde vai? Para onde está me levando? Não! Quero me despedir de Mahnaz! A porta se abre para a rua. Não!

Mahnaz!

Meus gritos perdem-se nos motivos do tapete. Quero sair dali.

— Pare de se mexer, irmão! Estamos na rua.

— Não, não quero ir embora! Ei, você, está me ouvindo? Mahnaz, Yahya!

O ruído da porta de um veículo que se abre corta completamente meu grito. O passador descarrega o tapete no banco de trás do carro. A porta torna a se fechar. Quero me debater, quero me livrar dos motivos negros do tapete.

— Pai, pai!

De fora, os gritos de Yahya vêm expulsar do tapete as vozes e os cheiros de nossa *mehmānkhana*.

Não sei mais se são os motivos do tapete que são imensos, ou se sou eu que me tornei muito pequeno. Corro ao longo das linhas negras do tapete. Meu pai ergue-se ao meu lado. É alto, muito alto. Impede-me de deixar as linhas negras do tapete e pisotear o fundo vermelho. Corro, ando em círculos, como se estivesse perdido em um labirinto. As linhas negras do tapete não têm começo nem fim. Todas as linhas se encontram. Corro ao longo das formas octogonais e quadradas. Corro e choro. Meu pai berra:

— Corra! Corra! Pare de chorar! Infiel!

Tento imaginar um meio de escapar dos octógonos e dos quadrados negros sem pisar no fundo vermelho. Só há uma solução: varar o tapete, continuar a correr até que o tapete se desgaste sob meus pés e se esburaque. Corro. A cada volta fico menor. Corro sem nunca parar. Os motivos crescem a olhos vistos. Tenho a impressão de fazer parte do tapete. Sinto a rugosidade dos fios.

O cheiro do tapete invade minhas narinas. As trevas me envolvem. Minha respiração está bloqueada. Não consigo me mexer.

— Diga-lhe para ficar imóvel.

Ouço a voz do passador no ronronar monótono do veículo. Logo depois, uma voz de mulher diz:

— Irmão, não se mexa mais, estamos chegando a um posto de controle.

Sob o peso de dois corpos que desabam sobre o tapete, prendo a respiração e minha angústia no fundo do peito.

Minha cabeça gira no labirinto vermelho e negro do tapete.

Ainda mais indiferentes que seu olhar, suas mãos nodosas pontificam sobre seu peito inflado de orgulho.

— *Salām*, pai.

Não, não quero chamá-lo de pai.

— *Salām.*

— *Uālekom Salām.*

E o que mais?

— Ah, você fugiu, você também?

Sua ironia espalha o veneno de seu desprezo.

— Abandonou sua mãe, seu irmão e sua irmã para vir para cá?

Seu silêncio cheio de arrogância deixa-me tempo para encontrar em minha lembrança as últimas palavras que eu tinha pronunciado quando de sua fuga com sua segunda mulher. Palavras que se volatizam de imediato com o sacolejo dos dois corpos sobre o tapete. O veículo pára. Abandono meu pai e suas mãos orgulhosas junto de sua mulher.

A porta de trás se abre. Uma voz ressoa dentro do carro:
— Para onde está indo?
— Mossāyi Logar.
É a voz do passador que responde ao soldado do posto de controle.
— Quem são essas pessoas?
— Minhas duas mulheres.
Sinto a coronha do fuzil desabando sobre o tapete.
— E esse tapete, para onde o está levando?
— Para o casamento de meu irmão.

A porta bate e o carro parte. As duas mulheres levantam-se do tapete. Meu corpo está banhado de suor frio. Mãos providenciais arrancam os pedaços de tecido que obstruíam as pontas do tapete. Respiro o mais fundo possível.

O suor desperta o cheiro do tapete. Um cheiro familiar. O cheiro de nossa *mehmānkhana*. Parvana joga amarelinha nas grandes casas negras do tapete. Farid faz seus carrinhos de caixas de fósforos rodarem pelo entrelaçado das linhas negras. É o único tapete grande da casa, o dote que minha mãe recebeu de seu pai e que levou para a casa do marido.

O dote de minha mãe arranha meu rosto.

Não, por nada neste mundo vou procurar meu pai. Não vou ficar em Peshawar. Vou a Islamabad. Não. Tampouco gosto dessa cidade. Vou para outro lugar, para Karachi ou Lahore. E, mesmo se for preciso enfrentar a água e o fogo, mandarei buscar minha mãe com Parvana e Farid.

O carro pára. O tapete no qual o passador me enrolou começa a se mexer; é transportado para fora do veículo e deposto no chão. Rolo com o tapete. O tapete abre-se. A luz oblíqua do crepúsculo fere meus olhos. Encho os pulmões de ar fresco e de aromas de terra. Com a ajuda do passador, arranco meu corpo alquebrado dos motivos negros do tapete. O veículo parou na curva de uma pista que passa ao longo de uma colina coberta de arbustos espinhentos.

— Vamos pegar alguns atalhos. Em uma hora estaremos na aldeia.

O passador tira um maço de cigarros do bolso de sua jaqueta e estende-o para mim.

— Obrigado, não fumo.

Leva um cigarro a seus lábios azulados, acende-o e senta-se na postura de lótus no tapete. Suas duas mulheres, ainda invisíveis sob seus *tchādari*, descem do carro e vêm sentar-se na outra ponta do tapete, de costas para nós. Fico de pé.

A voz do passador e a fumaça de seu cigarro invadem o valezinho amarelo.

— Depois de amanhã de madrugada, ao chamado do mulá, pegaremos a estrada para o Paquistão, se Deus quiser. São dois dias de caminhada. Você...

O riso abafado das duas mulheres corta-lhe a palavra.

— De que estão rindo?

As duas mulheres calam-se. O passador prossegue.

— Você ficará na mesquita da aldeia. Evite falar com as pessoas. Aliás, você está com sua carteira de estudante?

— Não.

— Com a carteira de identidade?

— Não, os soldados pegaram tudo.

— Melhor. Que documentos tem com você?

Vasculho meus bolsos maquinalmente. Além dos dois mil afeganes e da folha de papel dobrada em quatro com o endereço de meu pai, não há nada.

Meu coração bate. Será que Mahnaz tentou encontrar meus documentos na fossa? E minhas roupas? Será que as guardou?

— Ei, irmão, onde você está?

Volto para o pé da colina, para o tapete estendido no chão. Num canto do tapete, o passador com sua *kula* de astracã preto, no outro, as duas mulheres sob seus *tchādari* azul e ocre... e o sol que mistura suas sombras às linhas negras do tapete.

— Desculpe-me, o que você estava dizendo?

— Você sabe recitar as orações?

— Mais ou menos...

— Certas noites, alguns jovens devotos se encontram na mesquita, onde passam a noite. Desconfiam muito das pessoas de Cabul, fazem um monte perguntas. O principal é você manter o sangue-frio. Não se deixe levar para uma discussão política. Não deve dizer-lhes que você freqüentava a universidade. Diz que esteve na escola até a sexta série e que depois teve de ganhar a vida.

Será que Mahnaz já lavou minhas roupas? Vai vesti-las em Moheb? Não.

— Você tem alguém no Paquistão?

— Não.

Ele cala-se. Seus olhinhos escondidos em suas grossas sobrancelhas olham a fumaça do cigarro dançando à luz do sol poente.

— Nem um endereço?
— É importante?
— É. Se alguém lhe perguntar, diga que já mandou sua mulher e seus filhos e que você vai se encontrar com eles.
— Meu pai está no Paquistão.
— Então por que disse que não tem ninguém?
— Não quero ir para a casa de meu pai.
— Isso é problema de vocês, mas é melhor ter um endereço.

Não, não quero cair nas mãos nodosas de meu pai.

—- Por que não trouxe sua mulher e seu filho com você?
— Minha mulher e meu filho?
Mahnaz e Yahya?!
— Se estivesse com sua família, tudo seria mais fácil.
Ele joga o cigarro longe. Sua voz ressoa ao pé da colina.
— *Yā Allāh!* Vamos, de pé, vamos embora.
As duas mulheres levantam-se e vão até o carro. O passador enrola o tapete, dessa vez sem mim, e torna a colocá-lo

no carro. Os assentos de trás foram tirados. Sento-me no tapete enrolado. As mulheres vão na frente ao lado do marido.

À passagem do carro, a pista sinuosa desaparece em uma nuvem de poeira. Os últimos instantes incandescentes do crepúsculo caem sobre o ombro do passador.

Do tapete, deixo-me escorregar para o chão do veículo. Pouso minha cabeça no tapete. Quero sorver a pegada dos passos de minha mãe.

Ao sair da casa de Mahnaz, escondida sob o tchador, minha mãe foi ao mausoléu do "Rei dos dois sabres". Amarrou uma fitinha de pano nas grades do túmulo e fez uma promessa. Rezou para que seu filho chegasse são e salvo ao Paquistão. Minha mãe chorou. Mas ninguém notou suas lágrimas. Ninguém lhe perguntou:

— Por que está chorando, mãe?

Minha mãe chorou, mais sozinha do que nunca. Voltou a pé do mausoléu para casa, sua máscara de pavor dissimulada sob o *tchādari*. Mais anônima, mais insignificante do que nunca, nem mesmo pôde dizer a alguém:

— Meu filho mais velho, o homem da casa, está viajando.

E ninguém lhe respondeu:

— Que o lugar de seu viajante seja sempre verdejante!

Sob a capa do *tchādari*, louca de aflição, minha mãe atravessou chorando as ruas da cidade cega; chegou em casa. Enrolou no *tchādari* sua aflição feita de lágrimas e entregou tudo à lavadeira; em seguida, afastou-se discretamente em direção à cozinha para tornar a lavar a louça limpa. Depois que a lavadeira for embora, vai pegar a roupa seca na corda para tornar a lavá-la.

Ela nada disse a Parvana e a Farid sobre a minha fuga. Vai dizer-lhes amanhã. Minha mãe jamais anuncia imediatamente uma má notícia. Deixa a notícia habitá-la por um certo tempo, chora, deixa sua raiva subir... Amanhã, durante o café da manhã, ela dirá:

— Crianças, Farhad foi para o Paquistão.

Parvana vai para o outro quarto. Morde seu lenço branco de estudante para sufocar seus soluços. Farid, os olhos inundados de lágrimas, fica ao lado de minha mãe. A inocência desaparece de repente de seu olhar. Curva levemente o torso. Agora ele é o homem da casa. Aperta as mãos cansadas de minha mãe entre suas mãozinhas cândidas. Amanhã estenderão o *quilim* verde de meu quarto em nossa *mehmānkhana*.

O carro pára diante de uma pequena *qala*.[27] O passador descarrega o tapete e, com ele, a atmosfera de nossa

---

27. Residência tradicional. Essa forma de moradia fortificada em barro amassado abriga atrás de um muro alto uma ou várias casas organizadas em torno de um pátio.

casa. Seguido por suas duas mulheres, leva tudo para dentro da edificação.

Fico sozinho com dois cães de orelhas cortadas que escapam pelo grande pórtico e rondam em torno do carro vazio de lembranças e cheio de angústia.

Num canto da mesquita, perto de mim, há um homem dormindo, a cabeça apoiada em um tijolo. Uma longa cabeleira branca recobre seu rosto, e seu corpo, aconchegado em si mesmo, está envolto em um *tchapan*[28] de feltro preto. Dorme sossegado. Nem mesmo se levantou para a prece, e ninguém pareceu perceber. Como se ele não existisse.

Ao redor de quatro lamparinas, sentados em círculo, homens jovens e mais velhos, os rostos escondidos atrás de barbas espessas. Aqui, todos andam armados. Estou só num canto, desarmado, encostado na parede da mesquita.

---

28. Manto tradicional de mangas compridas, fabricado em feltro ou seda.

Yahya regou o terraço. O aroma de terra e o cheiro de *buria*[29] enchem o pequeno pátio. Mahnaz levou Moheb ao terraço, e estão ali, os três, sentados ao redor da lamparina. Jantam em silêncio. Em que estão pensando? Em mim?

Yahya decerto vai perguntar:

— Meu pai foi embora de novo para Pol-e-Charkhi?

Mahnaz vai lhe dizer que não sou seu pai? Talvez, como eu, ela não queira acabar com os sonhos da criança.

Pendurou minhas roupas para secar em uma corda perto do terraço. Mahnaz pensa em mim.

A fumaça e o cheiro do haxixe pairam dentro da mesquita.

Não, Mahnaz não pensará em mim. Com todas as suas forças, tentará me esquecer. Expulsará de sua vida os menores vestígios de minha passagem. Depois de lavá-las, dará minhas roupas a um mendigo. Gostaria tanto que ela soubesse que naquele mesmo instante alguém está pensando nela, alguém que se apegou àquela mecha de cabelos perturbadora que esconde metade de seu rosto, àquela mão segura que vai enrolar a mecha de cabelos atrás da orelha.

---

29. Esteira de junco.

O cigarro de haxixe circula de mão em mão na roda dos cinco jovens barbudos que se encontram à minha frente. Um dos jovens passa-o para mim. Seu vizinho solta, sem erguer os olhos:

— Um cara de Cabul quer é vodca!

O riso sarcástico dos jovens ressoa no ar enfumaçado da mesquita.

Nunca fumei um cigarro comum, quanto menos um de haxixe!

Estou em condições de não aceitá-lo? E se for um teste? Ora, mas onde já se viu fumar dentro de uma mesquita?!

A barba negra do jovem que me passa o cigarro de haxixe estremece:

— Sinto muito, é a erva do pobre!

A fumaça do cigarro e suas risadas dissimuladas começam a girar em torno de minha cabeça.

Uma voz sobe de um outro círculo:

— *De rodada em rodada, aquele que desiste...*

Os outros em coro:

— *... sua cabeça não resiste.*

O tumulto das vozes acorda o velho que dormia com a cabeça encostada no tijolo. Ou será que estava acordado e mantinha os olhos fechados? Olha em minha direção. Suas pupilas refletem a luz de uma lâmpada pendurada num dos pilares de madeira. O sentido de seu sorriso me escapa. Maquinalmente, estendo a mão para o cigarro de haxixe, levo-o a meus lábios secos e aspiro a fumaça com todas as minhas forças. Uma tosse aflitiva incendeia meu peito.

— A vodca já destruiu seu fígado! Agora o haxixe acabará com seus pulmões!

Seus risos sardônicos fazem minhas têmporas explodirem. Meu corpo fica pesado. Minha língua seca. A mesquita naufraga na escuridão e na fumaça.

Por que fumei? Tenho vocação para o suicídio? Parece que meu sangue congelou nas veias e que meu coração está batendo sem motivo. Quero me endireitar.

De outra roda, chega mais um cigarro de haxixe:

— Este aqui é um *shahdjahāni*!

De novo, pego o cigarro e aspiro com toda a força. De novo, tusso e tenho a impressão de que minha tosse rasga minhas articulações.

O dervixe levanta a cabeça. Seus olhos estão envoltos em brumas. Suas sobrancelhas, arcos gêmeos deitados lado a lado, recobrem quase que por inteiro sua testa burilada. Parece ter aspirado entre seus dentes a pele do rosto, tanto suas faces são encovadas. Doçura e severidade coabitam em seu olhar. Seus lábios estremecem. Ele murmura algo que é o único a ouvir e a compreender. Tira o *tchapan* preto que o recobre.

A porta da mesquita se abre. Um homem de barba branca faz entrarem na mesquita o silêncio e o peso da noite sob seus passos irritados. Todos se levantam para saudar o recém-chegado.

Sou incapaz de me levantar. Minha cabeça está girando. Arrasto-me de novo em direção à parede para apoiar-me nela.

O recém-chegado escondeu seu olho direito sob uma tira do turbante preto.

Coloca-se na parte alta da mesquita. Muitos jovens vêm sentar-se a seus pés. O homem pega o velho livro que trouxe sob o braço, começa ele próprio a salmodiar um versículo do Corão e ordena em seguida que um jovem leia a surata de José:

— A.L.R. *São os signos do Livro evidente.*[30]
Estou sentindo calafrios, ou são as paredes da mesquita que estão tremendo?
Fecho os olhos.

— *Lembra-te do dia em que José vem anunciar a seu pai: ó, meu pai! Vi onze estrelas, a lua e o sol me adorando.*
— Louvado seja!

Tudo começa a girar em minha cabeça. Levanto-me. Agarro-me aos pilares de madeira que sustentam o teto da mesquita. Abandono José ao lado de seu pai e dirijo-me à entrada do templo.

— *José e seus irmãos podem servir de marco da bondade divina e para aqueles que querem se instruir.*

Onde foram parar meus sapatos? Saio descalço. O ar está fresco. A inveja dos irmãos de José expande-se para fora das paredes da mesquita. Arrasto-me em direção ao riacho. O sussurro da água lava de meu espírito os queixumes do

---

30. Alif. Lam. Ra. Nenhuma interpretação foi dada até hoje aos signos que se encontram no início de vinte e seis suratas.

rebanho de Jacó. O céu está coberto. As estrelas e a lua foram prosternar-se aos pés de José. Mergulho o rosto na água sem estrelas. O cheiro e a fumaça do haxixe são despejados de meu espírito e de minhas narinas no riacho. Mato a sede e dirijo-me à grande árvore para urinar.

De dentro da mesquita sobem os gritos de José. Seus irmãos jogaram-no no fundo de um poço. Além da noite, erguem-se os soluços de meu avô. Toda vez que chegava a esse versículo, ele chorava como Jacó.

Urino nas raízes da árvore. O assobio de uma bala e as vociferações de um homem cravam-me onde estou.

— Maldito infiel!

A bala foi se aninhar na árvore. A urina ficou bloqueada. O homem avança em minha direção na escuridão da noite.

— Maldito seja seu pai, seu ímpio! Está urinando de pé como um asno?

Com o cano de sua arma, empurra-me até a mesquita. Ao chegar diante da entrada, começa a berrar:

— Fique aqui! Não entre na mesquita com suas roupas sujas.

Ele desaparece lá dentro. Pela porta da mesquita, a surata de José é despejada para fora com o clarão das lamparinas. Os caravaneiros tiraram José do poço e vendem-no ao vizir do faraó.

O homem torna a aparecer e, com sua arma, faz-me um sinal para acompanhá-lo. Chegamos ao riacho.

— Faça suas abluções!

Maquinalmente, agacho-me à beira da água e lavo primeiro minhas mãos e meus pés. Recito em silêncio as preces das abluções. Minha atenção está no cano do fuzil.

— Maldito porco! Infiel! Não lava suas partes íntimas?

Sinto arrepios. Serão de frio? De medo. Desço minhas calças. Preparo-me para me lavar, quando o homem estende a mão até meus testículos. Dou um pulo para trás.

— Não se mexa! Suas partes íntimas estão raspadas?

Agarrando alguns pêlos, ele puxa com selvageria. Meu grito desliza sobre a água.

— Infiel abjeto!

Termino de me lavar e torno a subir minhas calças ensopadas. Minha língua está entorpecida. Sob o peso do horror, meu orgulho quebrantou-se.

Inclinado sobre a água, recomeço minhas abluções. Avanço descalço, sob as ameaças de morte do homem, na direção da mesquita. Em que ponto da surata de José estão?

— Zuleica, a mulher do vizir, apaixona-se perdidamente por José. Fechou as portas e disse: "Aqui estou para ti!"

A mesquita enche-se da tentação diabólica de Zuleica.

— *Então ambos precipitaram-se na direção da porta, ele para fugir, ela, para retê-lo; ela rasgou por trás a túnica de José; entrementes chegou seu marido, e Zuleica disse-lhe ao vê-lo: Qual é a punição para aquele que teve intenções indecentes para com os teus? Não merece a prisão ou um castigo terrível?*

Quando entro na mesquita, José é jogado no calabouço. O homem que está sentado na parte alta da mesquita faz um sinal para que o jovem interrompa sua leitura, encerrando o destino de José entre as páginas do Corão.

O dervixe continua no mesmo lugar, seu olho enfeitiçante fixo em uma lâmpada pendurada na parede. O homem que me conduziu à mesquita intima-me a ir sentar-me em um canto e apresso-me em me colocar perto do dervixe.

A voz do pregador ressoa na parte alta da mesquita.
— Vejam o destino de José, vejam como Satã lhe armou uma cilada. Lembrem-se de que as mulheres são armadilhas de Satã!

O homem que me surpreendeu urinando aproxima-se do pregador e sussurra-lhe algo no ouvido. O pregador lança-me um olhar furioso. Levanta-se. A assembléia de jovens devotos grita em coro:

— Louvado seja! Louvado seja! Louvado seja! Que Maomé nos proteja do vício!

Sou o único a ouvir a voz do dervixe:

— *Por que não ver em Maomé o que vês em ti? Cabe a cada um evitar o vício!*

Por que não acabam a surata de José? Será que meu destino é mais importante do que o de José?

Depois de conversar com dois ou três homens da assistência, o pregador passa diante de mim com o olhar carregado de ódio e grita a um dos jovens barbudos:

— Esse homem é um infiel! Não o deixem ir embora! Vai macular o Paquistão!

Sai da mesquita com passadas ruidosas.

O dervixe torna a pousar a cabeça no tijolo.

A fumaça dissipou-se. A mesquita enche-se com a confusão de José.

José está no fundo do calabouço. A aflição cegou Jacó. E a mãe de José? Onde está? Seu pesar deve doer ainda mais que o de Jacó, e a aflição de Zuleica deve doer mais ainda! Se Jacó se enclausurou para chorar, essas duas mulheres tornaram-se claustros; não claustros de pedra, claustros de carne. Por que jamais se pensa nessas duas mulheres? Que joguem então a túnica de José sobre os olhos de sua mãe![31]

A mesquita adormeceu no torpor do haxixe. E eu, no encanto de Zuleica.

— *Enquanto teu sono não for digno do despertar, não durmas!*

---

31. Alusão ao fato de que Jacó, pai de José, recuperou a visão milagrosamente ao contato com a túnica de seu filho bem-amado, que perdera e reencontrara.

É o dervixe que se aproximou de mim. Pega minha mão e me conduz para fora da mesquita.

Muda e imóvel, a mesquita perde-se na bruma negra da noite. Chegamos ao riacho, o dervixe e eu. Ele joga água em meu rosto.
Eu pergunto:
— Quem é o senhor?
Ele ri e diz:
— É uma pergunta complicada. Deixe-me pensar...

Bebe alguns goles de água. Deixo-o pensar. Ele ri por me ver aguardando daquela maneira.
— Chamam-me de pássaro!
Ele se cala.

Caminhamos os dois ao longo do riacho. A presença do homem dissipou meu medo e minha angústia. Após alguns passos, o dervixe pára e diz:
— Percorra o mundo!
Agacha-se à beira do riacho e mergulha a mão na água.
— Quando a água estagna, torna-se insalubre. Transforma a terra em lodo. Seja como a água que desliza da mão!
— Quero ir embora!

— O destino de todos nós é ir embora um dia!

Sua mão acaricia a superfície da água.

— Não, eu quero voltar para a minha casa, para Cabul!

— Aqui está seu corpo que eles matam, lá está sua alma!

Tira o tijolo do bolso do *tchapan* e mergulha-o no riacho.

— Um dia todos nós seremos como esse tijolo.

Levanta-se rindo e pula para o outro lado do riacho.

Caminhamos para a cabeceira do riacho. Após alguns passos, a água perde-se num canal subterrâneo.

Não quero voltar para a mesquita. Quero ficar ao lado desse homem até o dia raiar. Amanhã, direi ao passador que me leve de volta a Cabul...

— Se você encontrar a si mesmo, parta com o coração leve!

A voz do dervixe desvia-me da viagem rumo a Cabul. Sua voz funde-se ao murmúrio leve da água. Chegamos a uma nascente.

— Se encontrar o outro, agarre-se a seu pescoço e vá embora!

Ele afasta-se. Sua voz crivou-me no lugar em que me encontrava.

— E se não o encontrar... agarre-se a seu próprio pescoço!

O homem afasta-se.

— Onde?

Ele não me ouve. Ou não quer responder. Não consigo me mexer.

Estou petrificado. O homem se dissolve na noite.

— Não me abandone!

O desespero de minha voz desliza sobre a água.

A voz do homem sobe do outro lado da noite:

— Agarre-se a seu próprio pescoço!

No lugar deserto onde dormia o dervixe flutua uma auréola de fumaça. As lamparinas brilham numa claridade frágil, ainda mais fracas do que eu. Todo mundo está dormindo. Quero me levantar. Sinto-me pesado. Apóio-me na parede da mesquita.

— Onde você vai?

A voz sonolenta do homem deitado na *buria* perto de mim criva-me na parede. Quem sabe por que quero perguntar:

— Onde está o dervixe?

Num gesto involuntário, minha mão indica o lugar deserto do dervixe. A cabeça do homem volta a tombar sobre a *buria*, e ele cobre os olhos com uma tira de seu turbante desmanchado. Seus resmungos perdem-se na *buria*:

— Que dervixe?

Uma voz sobe de um outro canto:

— Só agora a erva fez efeito?!

— Não, ele é sonâmbulo.

Estão zombando. Um riso surdo e pérfido. Dou um passo. A mesquita oscila comigo. A sede rasga meu palato. Água!

Chego à porta da mesquita. O jovem entorpecido postado à entrada do vestíbulo entreabre suas pálpebras pesadas e pergunta:

— Ei, para onde está indo?

— Água!

— Vá beber na moringa da mesquita!

— Está vazia.

— Então vá enchê-la!

Vira a cabeça a puxa o grande cobertor sobre seu rosto.

Onde está a moringa? Não há mais nenhuma gota de sangue no meu corpo, nenhuma gota de água. Meu corpo está seco. Como a *buria* sob meus pés. Tenho a impressão de que meus pés fazem parte da esteira de junco. Não se mexem mais. Preciso de ar fresco. A mesquita está ainda mais enfumaçada do que meus pulmões. Não há mais ar.

— Vai fazer uma prece *nafl*?

A mesma voz escapa do cobertor. Um arrepio percorre meu corpo ressecado. Meu pé direito dá um passo. Imobiliza-se. Outro passo. Mais pesado. Depois outro. Estou fora. Sem moringa. Sem sapato.

O céu iluminou-se. O murmúrio do riacho parece bem próximo. A água me guia até ela. Corro. O solo frio e cascalhoso treme sob meus passos. Chego ao riacho. Sento-me à beira da água.

A aurora me dirá para onde foi o dervixe.

De repente o riacho cala-se. Esvazia-se de água. Quero me levantar. Meu pé escorrega. Caio no riacho. Parece um poço, um poço sem fundo, sem água...

— *Allah o Akbar!*

O chamado à prece me faz sair do poço.

O lobo e o cordeiro vagam no céu. Balidos escapam da mesquita e insinuam-se em direção ao riacho.

Tenho de ir embora.

Onde está a estrela d'alva?

Levanto-me. Minhas pernas mexem-se. Tenho de correr. Corro. Sobre a água, sobre a terra.

— Pare!

Al Bā'ith!

Uma voz fulmina-me no crepúsculo vermelho de uma cidade. Onde fui parar?

Minhas pernas tremem. Desabo no chão. O gosto amargo do sangue pousa sobre a minha língua.

Al Bā'ith!

Diante das botas de um soldado, uma cortina negra cai sobre meus olhos.

Já é noite?

Tão rápido?

Concluído em Paris em abril de 2001

AGRADECIMENTOS

Ao Centre national du Livre
A Christiane Thiollier, diretora da Asiathèque,
que, como para *Terra e cinzas,*
nos ofereceu sua atenção e poesia
com uma generosidade sem limites.
Esta obra lhe deve muito.

ESTE LIVRO FOI COMPOSTO EM GATINEAU
CORPO 11 POR 17 E IMPRESSO SOBRE PAPEL
CHAMOIS BULK DUNAS 80 g/m² NAS OFICINAS
DA BARTIRA GRÁFICA, EM JULHO DE 2003